Luftschlösser

oder: Make Augsburg Great Again!

eine Elias Holl-Komödie von Christian Krug

AF220425

Luftschlösser

oder: Make Augsburg Great Again!

eine Elias Holl-Komödie

von Christian Krug

Bibliografische Information der Deutschen Nationalbibliothek: Die Deutsche Nationalbibliothek verzeichnet diese Publikation in der Deutschen Nationalbibliografie; detaillierte bibliografische Daten sind im Internet über dnb.dnb.de abrufbar.

1. Uraufführung: 1. März 2023 im Goldenen Saal, Augsburg
2. Uraufführung: 4. März 2023 im Sensemble Theater, Augsburg

Herstellung und Verlag: BoD - Books on demand , Norderstedt
Foto (Cover): Christian Krug
Fotos: Sebastian Seidel; Winfried Gropper als Elias Holl
Klappentext: Sebastian Seidel

ISBN: 9783756844760

Uraufführung am 1. März 2023 im Goldenen Saal im Augsburger Rathaus

Regie: Sebastian Seidel
Assistenz: Janina Strehle
Kostüme: Amelie Seeger
Sound & Video: Rainer von Vielen

Rollen: Darsteller:
Susanne van Golem   Petra Wintersteller
Thorsten Freigeist   Florian Finsch
Franz Wonnegut   Jörg Schur
Bernhard Altmann   Winfried Gropper
Elias Holl, Vater   Winfried Gropper
Elias Holl, Sohn   Soner Er

Gefördert durch die REGIO AUGSBURG TOURISMUS GmbH

Ich möchte mich bei allen bedanken, die es ermöglicht haben, dass die „Luftschlösser" Wirklichkeit werden.

Luftschlösser
oder: Make Augsburg Great Again!

Komödie von Christian Krug
in 13 Szenen
für eine Frau und fünf Männer

Personen:

Thorsten Freigeist, Kulturreferent
ein junger, ehrgeiziger, gutaussehender Politiker

Susanne van Golem, Marketingspezialistin
eine sehr gut aussehende Buisineslady

Franz Wonnegut, Journalist
ein alternativer, handyverliebter Mitvierziger

Professor Doktor Doktor Bernhard Altmann
ein in die Jahre gekommener, angegrauter Historiker

Elias Holl, etwa sechzig Jahre alt
Elias Holl, Sohn von Elias Holl, bei Auftritt Mitte 20

Professor Altmann und Elias Holl können vom selben Schauspieler
gespielt werden.

Szene 1: Vergängliches Glück

Ein Raum im Rathaus des Jahres 1631. Elias Holl tritt vor das Publikum

ELIAS HOLL:

Sie wollen wissen, was der glücklichste Moment in meinem Leben war? Warum interessieren Sie sich für mein Glück, wo Sie doch für mein Unglück verantwortlich sind? Sie wollen mich meiner Ämter entheben, Sie stürzen mich und meine Familie in Armut und Unglück und nun wollen Sie wissen, was mein größtes Glück gewesen ist?

Nicht, was die meisten und auch Sie, geehrter Rat, glauben. Als ich mit 29 Jahren Stadtwerkmeister wurde, war ich stolz. So jung und so viel Vertrauen der Stadt. Damals waren einige unter Ihnen, die mich dazu machten, obwohl es jetzt schon bald dreißig Jahre her ist. Aber was nützt es mir heute?

Natürlich war ich zufrieden mit dem Rathaus. Es steht, es wird bewundert, es ist gewaltig, ich wurde dadurch wohlhabend, fast reich. Aber was nützt es mir?

Der wirklich glücklichste Moment war vor fünfzehn Jahren, am 17. August 1615. An diesem Tag gipfelte mein Glück im wahrsten Sinne des Wortes. Es war beschlossene Sache, die Glocken aus dem Alten Rathaus in den Perlachturm umzuhängen, Sie erinnern sich, Hoher Rat. Ohne ein einziges Loch für die Gerüste in die Wände zu schlagen, gelang dies und ich sage auch heute noch, dass dies eine Meisterleistung war. 45 Zentner wog eine Glocke, der Turm im Alten Rathaus war einsturzgefährdet, einige unter Ihnen wissen es noch genau. Aber es gelang ohne Schwierigkeiten, die Glocken abzuhängen und im Perlachturm, der damals noch niedriger war, aufzuhängen. Viele von Ihnen haben es gesehen, von diesem Raum aus. Dann setzten wir innerhalb von nur drei Monaten das Turmoktogon auf. Nun strebt er in den Himmel, dieser Turm. Am 17. August setzten wir dort oben in diesen schwindeligen Höhen den goldenen Knopf auf, fast bei den Wolken. Und genau in diesen Knopf setzte ich meinen kleinen Elias hinein. Er war vier Jahre alt. Anschließend durfte er sich auf den goldenen Knopf draufsetzen.

Er jubelte und winkte hinunter, Rosina, seine Mutter, meine Frau, schaute mit Angst und Wut hinauf, aber er jubelte und winkte.

Das war der glücklichste Moment in meinem Leben. Denn ich sah die Zukunft. Meinen kleinen Sohn.

Wenn ich jetzt hier im Rathaus stehe, denke ich an die Zukunft. An das, was hier alles gesprochen und beschlossen wird. Und es beschleicht mich Angst bei der Vorstellung, dass es nicht immer die klügsten Gedanken und Sätze sind, die hier gedacht und gesprochen werden. Wie Sie es mir jetzt hier beweisen!

Szene 2: Das Fundament wird gelegt

Ein Raum im Rathaus des Jahres 2023, das Büro des Kulturreferenten. Der Kulturreferent, die Marketingspezialistin, der Historiker und der Journalist treffen sich und nehmen Platz.

KULTURREFERENT:
Meine lieben Damen und Herren, also, meine liebe Dame und liebe Herren ...

JOURNALIST:
Jetzt sei mal nicht so förmlich, alter Intrigant. Noch immer Franz für dich.

KULTURREFERENT:
Äh, ja, natürlich, also: Meine liebe Dame, lieber Herr Professor, lieber ...

MARKETINGSSPEZIALISTIN:
Zu mir brauchst du auch nicht so förmlich sein, du weißt doch, wie ich ...

KULTURREFERENT:
Ja natürlich, liebe Susanne ...

MARKETINGSSPEZIALISTIN:
Für dich noch immer Susi!

KULTURREFERENT:
Liebe Susi, lieber Franz, lieber Herr Professor ...

HISTORIKER:
Kennen sich hier alle schon?

MARKETINGSSPEZIALISTIN:
Mehr oder weniger gut.

JOURNALIST *(mit eindeutigem Blick auf MS)*:
Weniger gut, aber hoffentlich bald mehr!

KULTURREFERENT:
Darf ich nun?
Ich danke Ihnen und Euch vielmals, dass Ihr meiner Einladung zu diesem kleinen, sehr informellen Treffen gefolgt seid. Ich darf betonen, dass es sich um eine wirklich völlig unverbindliche Einladung handelt, aber gestattet mir trotzdem, dass ich Euch heute hier zu einem Kaffee oder Tee oder ....

MARKETINGSSPEZIALISTIN:
Darf es auch ein Glas Champagner sein?

KULTURREFERENT:
Aber selbstverständlich, selbstverständlich.

JOURNALIST:
Ein Bier?

KULTURREFERENT:
Aber natürlich auch dies, mein lieber Franz. Alles was Ihr wollt.
Also, ein kleines informelles Treffen, bei dem aber die Weichen für ganz Großes gestellt werden sollen! Mit Ihnen und Euch ... darf ich Euch sagen? Ja? Das macht alles einfacher.

MARKETINGSSPEZIALISTIN:
Aber natürlich, Thorsten. Susi für alle!

JOURNALIST:
Franz.

HISTORIKER:
Professor Doktor Doktor Altmann, aber wenn Sie unbedingt meinen: Bernhard.

KULTURREFERENT:
Ich danke Euch. Ich sehe schon, dass wir wunderbar zusammenarbeiten werden. Also, kommen wir gleich in media res ...

HISTORIKER:
Medias in res.

KULTURREFERENT:
Ja, äh, Medias in res. Ich habe es in meinem Einladungsschreiben ja schon kurz angedeutet.

HISTORIKER:
Könnten wir zuerst die Formalitäten klären?

KULTURREFERENT:
Was meinen Sie, äh, was meinst Du, Bernhard?

HISTORIKER:
Ein Historiker hat kein Stundenhonorar wie ein Arzt oder ein Rechtsanwalt ...

KULTURREFERENT:
Äh, ja, hähä, natürlich, natürlich. Da wollte ich ja gleich dazu kommen. Nicht das einzige Treffen, nein. Ich wollte Ihnen, äh Euch also zuerst vorstellen, was ich ...

JOURNALIST:
Könnten wir uns nicht zuerst gegenseitig vorstellen? Du kennst ja alle, Thorsten, aber mir sind die beiden Herrschaften, also insbesondere die Dame, nicht bekannt, hoffe aber, dass sie mir bald näher bekannt sein wird *(mit entsprechend anzüglichem Blick auf sie, die den Blick erwidert)*.

KULTURREFERENT:
Äh, ja, Franz, natürlich, du hast ja so recht. Immer Fragen stellen, immer über alles Bescheid wissen. Genau dein Metier. Also, dann fang doch gleich

an: Gestatten: Franz Wonnegut, seines Zeichens einer der innovativen Journalisten für den Kulturbetrieb, aber auch für die Politik in unserer schönen Stadt bei der führenden hiesigen Zeitung, bitte!

JOURNALIST:
Ja!

KULTURREFERENT:
Und, Franz?

JOURNALIST:
Und was?

KULTURREFERENT:
Du wolltest dich vorstellen.

JOURNALIST:
Franz Wonnegut, investigativer Journalist für Kultur, Politik und Lokales bei der hiesigen, führenden Zeitung.

KULTURREFERENT:
Das habe ich ja schon gesagt.

JOURNALIST:
Ja, und dem gibt es nichts hinzuzufügen. Außer vielleicht, dass ich immer an verdammt guten neuen Stories, also neuen Geschichten mit offenem Ausgang interessiert bin *(Blick auf sie)*.

KULTURREFERENT:
Ja, danke Franz. Dann darf ich Euch Susanne van Golem vorstellen. Susanne, äh Susi: Möchtest Du selber ...?

MARKETINGSSPEZIALISTIN:
Nein, nein, Thorsten, mach Du das.

KULTURREFERENT:
Also, Susanne ist Marketingspezialistin, aber nicht was ihr denkt. Nicht einfach nur für Joghurtmarken oder Streichkäse oder so etwas ...

JOURNALIST:
Streichkäse an den Mann und die Frau zu bringen stelle ich mir ziemlich schwer vor.

KULTURREFERENT:
Nein, viel schwerer. Für Menschen! Sie ist spezialisiert für Imagebildung und politisches Profiling. Sie hat so manchen sehr erfolgreichen Wahlkampf mitgestaltet, unter anderem auch in den USA, und ihr wisst, wie es dort zugeht.

HISTORIKER:
Auf welcher Seite?

MARKETINGSSPEZIALISTIN:
Wir wissen, dass so manche Wahlen gerade in den USA gestohlen werden. Es sagt also nichts über eine perfectly intended election campaign aus, wenn das Wahlergebnis an sich under expectations ausfällt.

KULTURREFERENT:
Gut, ja, danke, und dann haben wir hier noch Bernhard Altmann ...

HISTORIKER:
Professor Doktor Doktor Bernhard Altmann.

KULTURREFERENT:
Professor Doktor Bernhard Altmann, einer der profundesten Kenner, nein der Kenner schlechthin der Geschichte unserer schönen Stadt. Wollen Sie, Herr Professor, das heißt, willst du, äh, Professor Doktor Bernhard?

HISTORIKER:
Ich kann nur ergänzen, dass ich sowohl über römische Inschriften auf Marmor im Lechtal geforscht habe wie auch über die Weber in Augsburg – die Weber in Augsburg, das ist ein ganz spezielles Thema: Man kann tatsächlich anhand der Webung erkennen, wer das Tuch gewebt hat ...

MARKETINGSSPEZIALISTIN:
Braucht man das?

HISTORIKER: ... als auch über die Anfänge des Plärrer. Ich habe nachweisen können, dass seine Ursprünge in den frühneuzeitlichen Freudenfesten nach vollstreckten Hexenprozessen zu finden sind, wobei mir das bisher niemand ...

JOURNALIST:
Haben sich daraus die Geisterbahnen entwickelt?

HISTORIKER:
Eine interessante Theorie, die es zu ...

KULTURREFERENT:
Ja, danke. Bernhard. Also, nun wisst ihr ungefähr, mit wem ihr es zu tun habt. Darf ich nun euch mein Anliegen schildern?

JOURNALIST:
Wir sind ganz Ohr.

KULTURREFERENT:
Wir ihr alle wisst, werden nächstes Jahr in unserer schönen Stadt die Karten neu gemischt.

MARKETINGSSPEZIALISTIN:
Skat oder Schafkopf?

16

KULTURREFERENT:
Äh, nein, Susanne.

MARKETINGSSPEZIALISTIN:
Susi!

KULTURREFERENT:
Ja, natürlich Susi! Es werden die Posten neu sortiert ... ich meine, nun, es ist bisher ein Geheimnis, dass ich durchaus daran interessiert bin, unserer verdienten Bürgermeisterin nachzufolgen.

JOURNALIST *(holt sofort sein Handy raus)*:
Das sind allerdings brisante Neuigkeiten! Das muss ich ja sofort ...

KULTURREFERENT:
Nein, Franz! Bitte! Jetzt noch nicht. Euch will ich es hier und jetzt offenbaren, mein kleines Geheimnis. Aber die Öffentlichkeit ...

MARKETINGSSPEZIALISTIN:
Braucht etwas mehr!

KULTURREFERENT:
Natürlich wird dieses Vorhaben nur zum Erfolg führen, wenn ich ...

MARKETINGSSPEZIALISTIN:
Ich habe es dir schon gesagt: Ich arbeite mit Erfolgsprovisionen. Je höher der Posten, desto ...

KULTURREFERENT:
Nein, nein, Susi, du weißt doch: Es geht mir nicht um ein vollständiges Wahlkampfprogramm.

MEDIENSPEZIALISTIN:
Noch nicht!

KULTURREFERENT:
Ja, Susi. Es geht darum, dass … nun, ich dachte: Ich muss als Kulturreferent bis dahin noch ein paar Punkte sammeln. Ich bin ja innerhalb des Stadtrates nicht der …

JOURNALIST:
Du kannst definitiv noch zum FCA gehen und dich mitten in den Fanblock stellen. Und trotzdem erkennt dich niemand.

HISTORIKER:
Was bei Fußballfans, gerade wenn es um den Kulturreferenten geht, nicht weiter verwunderlich ist!

KULTURREFERENT:
Also, ich meine, ich will noch so einen richtigen Knaller landen. Einen Hammer. Eine Bombe.

HISTORIKER:
Ich habe übrigens auch über die Bombennacht in Augsburg im 2. Weltkrieg geforscht. Also ich wüsste da sicherlich …

KULTURREFERENT:
Ich will etwas landen, einen Coup. Eine Sensation. Eine völlig unerwartete Fügung des Schicksals, wodurch Augsburg in alle Schlagzeilen katapultiert wird. Also wirklich in alle. Nicht nur in deinem Blatt, Franz, sondern in jedem Blatt. Nicht nur in Deutschland. Weltweit. Ich will Augsburg auf der Weltkarte platzieren.

MARKETINGSSPEZIALISTIN:
Make Augsburg great again!

KULTURREFERENT:
Ja, genau! Das klingt gut! Damit jeder, aber auch wirklich jeder und jede, inklusive Kind und Kegel und Haushund hierherkommen will.

MARKETINGSSPEZIALISTIN:
Hierherkommen muss, Thorsten. Herkommen muss! Ehernes und erstes Gesetz des Marketing: Es geht nicht um Wollen, Dürfen oder Können. Alles Begriffe für Schwächlinge. Es geht um a Must!

KULTURREFERENT:
Sehr gut, Susanne, ja. A Must. Die Welt must herkommen.

JOURNALIST:
Das wird schwierig. Wenn nicht unmöglich. Im Falle von Augsburg meine ich.

MARKETINGSSPEZIALISTIN:
Das finde ich nicht. Ein durchaus charmantes Städtchen mit Potential!

KULTURREFERENT:
Eben! Städtchen! Du sagst es, Susi. Und charmant! Das ist einfach ...

JOURNALIST:
Langweilig?

KULTURREFERENT:
Zumindest zu wenig!

JOURNALIST:
Bau einen Wolkenkratzer. Oder ein Riesenrad. So etwas ist total in!

KULTURREFERENT:
Es muss etwas Realistisches sein. Und Baureferent bin ich leider nicht. Leider! Denn der ist bekanntlich der heimliche OB. Ich bin nur ...

HISTORIKER:
Kulturreferent! Also wollen Sie, dass wir etwas Kulturelles finden? Tut-ench-Amun unter der Maximilianstraße?

JOURNALIST:
Wird schwer werden. Da finde ich den Wolkenkratzer leichter.

KULTURREFERENT:
Genau dafür habe ich Euch eingeladen. Damit wir gemeinsam eine Art brainstorming betreiben ...

JOURNALIST:
Wo wir suchen müssen? Maxstraße, Telottviertel? Ich schlage Hauptbahnhof vor. Dort wird seit Jahrzehnten gebuddelt und man hat ja schon einiges ...

HISTORIKER:
Alles schon ausgegraben. Man fand vor allem Kieselsteine.

JOURNALIST:
Ich habe gehört, dass sehr wohl etwas gefunden wurde ...

HISTORIKER:
Wie bitte?
JOURNALIST:
Gute Kontakte! Man munkelt, dass die Schlacht auf dem Lechfeld ...

MARKETINGSSPEZIALISTIN:
1. oder 2. Weltkrieg?

HISTORIKER:
Otto der Große gegen die Ungarn.

JOURNALIST:
Dass vielleicht tatsächlich die Schlacht auf dem Lechfeld in Wirklichkeit ...

KULTURREFERENT:
Bitte lasst das jetzt. Das ist eine andere Baustelle. Wenn dort tatsächlich etwas gefunden worden wäre, säßen dort noch immer die Archäologen und

dann hätten wir einen neuen Bahnhof, wenn der FCA Deutscher Meister wird.

HISTORIKER:
Auch über den FCA habe ich geforscht und kann sagen, dass die Wahrscheinlichkeit gar nicht so gering ist, dass der FCA demnächst …

JOURNALIST:
Ob der Bahnhof in 10, 20 oder 50 Jahren fertig ist, ist doch inzwischen ohnehin egal. Und die Funde …

HISTORIKER:
Aber das wäre ja ein handfester Skandal, wenn das wahr ist. Dann haben wir doch schon, was Sie brauchen. Die Aufdeckung …

KULTURREFERENT:
Nein, nein. Ihr versteht mich falsch. Vielleicht könntest du, Susi …? Was ich schon im Bett, äh, im Brief angedeutet habe …

MARKETINGSSPEZIALISTIN:
Es gibt heutzutage den Begriff der alternative facts. Man kann das wörtlich mit „wahrheitsgemäße Übertreibungen" übersetzen. So etwas müssen wir finden. Wir müssen präfaktisch denken! In diesem Fall: Zuerst die Übertreibung finden, dann die Wahrheit kreieren, dann in die Welt tragen und dann schauen, was passiert. Durch das Recht auf freie Meinungsäußerung ist ohnehin alles gedeckt. Bis es dazu alternative Gegenfakten gibt, ist der Wahlkampf durch. Auf einen Nenner gebracht: Das kleine Einmaleins des modernen Wahlkampfes. The truth is true when told! Die drei T's!

JOURNALIST:
Und ich soll das Ganze publizieren?

KULTURREFERENT:
Ich bin sicher, dass bei einer von mir geleiteten Stadtverwaltung für dich mehr als nur ein interessanter Artikel rausspringt, Franz. Hintergrund-

informationen! Berichte aus erster Hand! Und sicher auch das eine oder andere Zusatzhonorar ...

HISTORIKER:
Ähem!

KULTURREFERENT:
Mein lieber Bernhard, natürlich schwebt es mir schon lange vor, den Lehrstuhl für Allgemeine Geschichtswissenschaft auszubauen.

HISTORIKER:
Den gibt es noch gar nicht.

KULTURREFERENT:
Ich meine natürlich, einen neuen Lehrstuhl einzurichten. Es fehlt schon längst ein umfassender Lehrstuhl, der epochenübergreifend endlich diesen mikrohistorischen Spezialisten unter die Arme greift.

JOURNALIST:
Stimmt. Man hat manchmal das Gefühl, dass es für jedes Jahrhundert einen eigenen Lehrstuhl gibt. Wenn es so weitergeht, gibt es demnächst noch einen Lehrstuhl für die Erforschung des frühmittelalterlichen Stadtbergen und Neusäß.

KULTURREFERENT:
Nicht mit mir. Nicht in Augsburg.

MARKETINGSSPEZIALISTIN:
Warum nicht?

KULTURREFERENT:
Andere Stadt. Stadt Neusäß und Stadtbergen!

HISTORIKER:
Aber Augsburg ist doch tolerant. Die Stadt des Religionsfriedens ...

KULTURREFERENT:
An der Stadtgrenze hört die Toleranz auf. Ich will Bürgermeister der Augsburgerinnen und Augsburger werden, nicht der Neusäßer und Stadtberger.

HISTORIKER:
Ich wäre aber auch dafür geeignet. Ich habe über den Hanfanbau in Neusäß geforscht ...

JOURNALIST:
In den Sechziger und Siebziger Jahren?

HISTORIKER:
Im 15. und 16. Jahrhundert. Sehr interessant, sehr interessant.

JOURNALIST:
Gab es deshalb die Reformation? Weil alle bekifft waren?
HISTORIKER:
Interessante Theorie. Ist eine Überlegung wert ... aber natürlich haben Sie recht, Herr Thorsten, wir brauchen den Überblick.

KULTURREFERENT:
Ja, in der Zukunft. Nun brauchen wir erst einen Rückblick auf ... nun was? Dazu sind wir hier.

MARKETINGSSPEZIALISTIN:
Du willst eine Kampagne starten, in der wir etwas in Augsburg entdecken, was noch keiner entdeckt hat, aber die Welt erfahren soll, richtig? Make Augsburg great again! Und du, Thorsten, bist verantwortlich. Na, dann streng Dich mal an, Herr Professor!

JOURNALIST (recherchiert ständig im Handy):
Ein Schatz wäre nicht schlecht. Das kommt immer gut. Vor ein paar Jahren haben sie einen Schatz in einem indischen Tempel entdeckt, man schätzt 14

Milliarden Euro schwer. Mehr als der Vatikan besitzt. Das wäre doch etwas.
Da wird seit Jahren drüber berichtet.

KULTURREFERENT:
Ist er echt?

JOURNALIST:
Was? Der Bericht darüber oder der Schatz?

KULTURREFERENT:
Der Schatz!

JOURNALIST:
Natürlich. Goldmünzen, Diamanten, Rubine, Smaragde ...

HISTORIKER:
Vielleicht darf ich in stiller Bescheidenheit erwähnen, dass das Thema
„Schatz" seit zwei Jahren durch ist.

MARKETINGSSPEZIALISTIN:
Wieso?

HISTORIKER:
Die Silbermünzen aus dem Bett der Wertach!

MARKETINGSSPEZIALISTIN:
Eine Prostituierte?

HISTORIKER:
Nicht die Wertach. Aber die Münzen, wer weiß, stammen vielleicht aus
einem gutgehenden Bordell an den Gestaden des Flusses ...

KULTURREFERENT:
Bitte erinnert mich nicht daran. Das wäre was gewesen. Aber ich durfte nur

als Kulisse dahinter stehen, als der Baureferent den Fund präsentierte, weil der Fund bei Bauarbeiten entdeckt worden war. Ich glaube, dass wir da nicht weiter kommen.

MARKETINGSSPEZIALISTIN:
Unsinn, Thorsten. Augsburg ist doch eine historische Stadt.

HISTORIKER:
Wovon Sie ja eine Menge Ahnung haben, wie wir schon feststellen konnten.

MARKETINGSSPEZIALISTIN:
Es kommt nicht darauf an, im Vergangenen herumzutauchen, sondern Vergessenes oder auch nie Vorhandenes hochzuholen, alter Mann.

HISTORIKER:
Ich darf doch sehr bitten.

MARKETINGSSPEZIALISTIN:
Es liegt in der Natur des Vergessenen, dass etwas nie existiert hat, obgleich es existierte, sonst wäre es ja nicht vergessen. Daher gibt es niemanden, der beweisen kann, dass es wirklich existiert hat oder – aristotelische Logik: nicht existiert hat!

HISTORIKER:
Was?

MARKETINGSSPEZIALISTIN:
Man muss reproducen, um in der Zukunft Vergangenes als gegenwärtige Münze zu verkaufen.

HISTORIKER:
Hä?

MARKETINGSSPEZIALISTIN:
So tun, als ob, und dann behaupten, dass etwas, wenn es so gewesen ist, in der Zukunft wahr wird.

KULTURREFERENT:
Entschuldige, Susi, aber ...

MARKETINGSSPEZIALISTIN:
Historical recycling! Noch nie gehört?

KULTURREFERENT:
Das ist mir jetzt zu hoch.

MARKETINGSSPEZIALISTIN:
Man legt doch viel Wert auf Vergangenes in dieser charmanten Stadt.

JOURNALIST:
Man steckt in der Vergangenheit fest, man klebt geradezu darin.

HISTORIKER:
Nana, mal sachte, junger Mann. Nur wer die Vergangenheit versteht, kann die Zukunft gestalten.

KULTURREFERENT:
Was willst Du sagen, Susanne?

MARKETINGSSPEZIALISTIN:
Etwas Historisches wäre gut. Du deckst etwas auf. Oder feierst etwas, was bisher übersehen wurde. Dafür bist du doch da, Bernhard, las dir etwas einfallen. Gib uns ein paar Ideen.

JOURNALIST:
Ein Jubiläum!

MARKETINGSSPEZIALISTIN:
Ja, irgend etwas in dieser Richtung. Was man sowieso feiern wird. Und Thorsten beschert dazu ein Geschenk, mit dem niemand rechnet.

HISTORIKER:
Da muss ich nachdenken. Bertolt Brecht zum Beispiel.

MARKETINGSSPEZIALISTIN:
Lebt der noch?

JOURNALIST *(recherchiert ständig am Handy)*:
Wird nächstes Jahr (dieses Jahr) 125.

KULTURREFERENT:
Um Gottes Willen nicht Brecht. Die einen wählen mich nicht, weil sie keine Kommunisten sind, und die anderen, weil sie ihn nicht verstehen.

JOURNALIST:
Aber sonst gibt es doch keine berühmten Söhne oder Töchter dieser Stadt.

HISTORIKER:
Hallo, junger Mann. Schon mal etwas von Bischof Ulrich gehört?

MARKETINGSSPEZIALISTIN:
Lebt der noch?

HISTORIKER:
Nein!

MARKETINSPEZIALISTIN:
Hat der sich ein Bischofsdomizil gebaut? Oder ein Missbrauchsskandal?! „Kulturreferent deckt Missbrauch unter Bischof Ulrich auf". Das wäre etwas.

HISTORIKER:
Es gäbe den 1050. Todestag zu feiern. Runde Sache.

MARKETINGSSPEZIALISTIN:
Zu alt.

JOURNALIST:
Außer wenn er Protestant war! Dann könnten wir mit etwas Verspätung noch auf das Lutherjubiläum mit aufspringen.

HISTORIKER:
Nein, er war kein Protestant.

MARKETINGSSPEZIALISTIN:
Aber wenn Thorsten aufdeckt, dass er heimlicher Protestant war …

HISTORIKER:
550 Jahre vor Luther? Das wäre eine Überlegung wert.

MARKETINGSSPEZIALISTIN:
Oder ein anderer Skandal. Thorsten deckt die Machenschaften eines Kirchenoberen auf – das kommt sehr gut.

JOURNALIST:
Da müssen wir nichts erfinden.

KULTURREFERENT:
Nein, bitte nichts Kirchliches. Nichts Religiöses. In einer paritätischen Stadt gerät man da nur unter die Räder. Die lieben sich viel zu sehr gegenseitig. Wenn man was gegen die eine Konfession sagt, springt die andere der einen gleich zur Hilfe. Die haben sich hier arrangiert. Nein, wir brauchen etwas anderes.

JOURNALIST:
Rudolf Diesel. Dieselmotor!

HISTORIKER:
Das wäre eine Überlegung wert.

KULTURREFERENT:
Geht nicht. Verbrennungsmotoren sind out. Da zerreißen mich die Grünen. Und die brauche ich vielleicht. Auch wenn ich natürlich eine absolute Mehrheit anstrebe. Aber Diesel ist der Vorbereiter des Klimawandels. Sozusagen der, der den ersten Schritt zur Umweltzerstörung gemacht hat.

JOURNALIST:
Ein kleiner Schritt für ihn, aber ein großer Schritt für das Weltklima – in den Abgrund!

HISTORIKER:
Der Vater von Mozart wäre unverfänglicher.

KULTURREFERENT:
Ach Gott, nein, bitte nicht Mozart. Mir ist das peinlich mit der Mozartstadt, wirklich.

MARKETINGSSPEZIALISTIN:
Aber wenn Du aufdeckst, dass Augsburg gar keine Mozartstadt ist?

HISTORIKER:
Das wäre eine Überlegung wert …

KULTURREFERENT:
Da brauch ich nicht viel aufdecken. Aber wenn das alle verstanden haben, dann kommt überhaupt niemand mehr. Nicht einmal mehr die Japaner.

JOURNALIST:
Kommen doch in diesen Zeiten sowieso nicht.

KULTURREFERENT:
Eben drum. Wir brauchen etwas, damit die wieder kommen.

MARKETINGSSPEZIALISTIN:
Willst du Kaiser von Japan werden oder OB dieses charmanten Städtchens?

HISTORIKER:
Einen gäbe es noch, und der hat auch Jubiläum im Wahljahr.

JOURNALIST:
Jetzt bin ich aber gespannt.

HISTORIKER:
Elias Holl!

MARKETINGSSPEZIALISTIN:
Ein Bettenhändler?

KULTURREFERENT:
Wie kommst du da drauf?

MARKETINGSSPEZIALISTIN:
Holl! Holle! Frau Holle! Die, die Kissen ausschüttelt!

KULTURREFERENT:
Entschuldige, Susanne, ich meine nicht dich. Ich meine dich, Bernhard.
Wieso Elias Holl?

MARKETINGSSPEZIALISTIN:
Lebt der noch?

HISTORIKER:
450. Geburtstag.

MARKETINGSSPEZIALISTIN:
Ginge nicht der 500.?

HISTORIKER:
Das Geburtsdatum ist ziemlich gesichert.

MARKETINGSSPEZIALISTIN:
Aber 450 klingt so …

JOURNALIST:
… gewollt?!

MARKETINGSSPEZIALISTIN:
Ja. Gewollt. 500 wäre viel besser. Wenn er natürlich nur 50 geworden ist, dann hätten wir zugleich den 500. Todestag.

JOURNALIST:
Den 400.

MARKETINGSSPEZIALISTIN:
Ach so. Aber was ist denn nun so wichtig an diesem Elias?

HISTORIKER:
Berühmtester Architekt seiner Zeit. Er ist am 6. Januar 1646 gestorben. Mit 72.

MARKETINGSSPEZIALISTIN:
Völlig unbrauchbare Zahlen.

KULTURREFERENT:
Trotzdem gut. Was gibt es zu Elias Holl, Bernhard? Kennst du dich da aus?

HISTORIKER:
Natürlich. Alles erforscht!

KULTURREFERENT:
Alles?

HISTORIKER:
Alles!

KULTURREFERENT:
Wirklich alles?

HISTORIKER:
Fast alles. Für den neugierigen Historiker gibt es immer irgendetwas. Es gibt ein paar dunkle Jahre in seiner Biographie. Da weiß man nur wenig. Das wäre eine Überlegung wert.

MARKETINGSSPEZIALISTIN:
Hat er was ausgefressen?

JOURNALIST:
Wenn man die richtigen Fragen stellt, dann findet man immer etwas. Jeder hat Dreck am Stecken!

KULTURREFERENT:
Es muss etwas Positives sein. Etwas Außergewöhnliches. Wie lang waren diese dunklen Jahre?

HISTORIKER:
Über zehn Jahre. Seine letzten zehn Jahre!

KULTURREFERENT:
Das müsste doch genügen, um etwas zu finden.

MARKETINGSSPEZIALISTIN:
Mir gefällt der Name: Elias Holl. Da kann man was draus machen. Klingt sehr poetisch. So weich. Doppeltes „l". Elias Holl!

JOURNALIST:
Das sind drei „L"!

MARKETINGSSPEZIALISTIN:
Wie heißt du mit Zweitnamen, Thorsten?

KULTURREFERENT:
Ich? Äh ... ich weiß nicht. Ich habe keinen zweiten Namen.

HISTORIKER:
Wohl Protestant, oder? Keinen Heiligen als Schutzpatron?

MARKETINGSSPEZIALISTIN:
Du könntest dir als erstes den Elias als Zweitnamen zulegen. Das würde gleich deine Nähe mit diesem Elias Holl aufzeigen. Allegorisch zeigst du damit deine Verbundenheit mit dieser charmanten Stadt.

JOURNALIST:
Du könntest ihn symbolisch als Bauleiter des Bahnhofs einsetzen. Wenn du es fertig bringst, dass der Bahnhof in einem Jahr fertig ist.

KULTURREFERENT:
Dafür ist der Baureferent zuständig, und den muss ich erst mal loswerden. Der will sich nämlich auch aufstellen lassen. Und ihr wisst: Als Baureferent hat man viel mehr Chancen als ein ...

JOURNALIST:
Erledige ich! Veröffentlichung der Funde, die er verheimlicht hat.

KULTURREFERENT:
Und zerstört hat!

HISTORIKER:
Wie bitte?

JOURNALIST:
Ich sage nur: Goldmünzen aus dem frühen Mittelalter. Manche munkeln sogar, dass die Nibelungen ... ich habe nichts gesagt ... Da sind die Silbermünzen aus dem Bett der Wertach nur ein Häufchen Spielgeld gegen das, was da ...

HISTORIKER:
Sagen Sie das noch einmal!

KULTURREFERENT:
Jetzt lassen wir das bitte! Es ist abgemacht: Du, Bernhard, versuchst, uns bis nächste Woche die dunklen Jahre des Elias Holl zu erklären. Und vielleicht, was man ihm unterjubeln kann, ohne dass es sofort völlig überzogen wirkt. Aber auch so groß ist, dass die Welt aufhorcht! Und Franz und Susanne, ihr überlegt euch schon mal eine Strategie, wie und wann wir das an den Mann bringen.

MARKETINGSSPEZIALISTIN:
Und an die Frau!

JOURNALIST:
Das machen wir doch sehr gerne, Susi, nicht wahr?

MARKETINGSSPEZIALISTIN:
By the way: Wer war dieser Elias überhaupt? Kennt man den in Augsburg?

Szene 3: Letztes Aufbäumen

Ein Raum im Rathaus des Jahres 1631. Elias Holl tritt vor das Publikum

Dank der Aufträge, die Sie mir erteilt haben, wurde ich bekannt, weit über die Grenzen der Stadt hinaus. Ich laufe durch diese Stadt und jeder grüßt mich, manch einer neigt sein Haupt. Selbst in Italien kennt man meinen Namen. Ein Freund, Geronimo aus Verona, den ich in Venedig kennengelernt habe, damals vor dreißig Jahren, selbst er hat mir geschrieben, dass man über mich in Venedig spricht. Er will mich besuchen. Er will das Rathaus sehen.

Und nun?

Wollen Sie meinen Namen aus dem Gedächtnis dieser Stadt tilgen? Wollen Sie, dass ich für alle Ewigkeit in Vergessenheit gerate?

Bitte, tun Sie es! Aber ich werde nicht weichen. Ich werde auch nicht fliehen. Und wer weiß, vielleicht kommen meine Glaubensbrüder aus Schweden und setzen mich wieder ein. Ich werde meine Heimat nicht verlassen. Ich bleibe meinem Glauben treu! Sie müssten das Rathaus abreißen und durch ein anderes Haus ersetzen, um das Andenken an mich zu vernichten.

Szene 4: Das Liebespaar
Journalist und Medienspezialistin im Bett

JOURNALIST:
Was glaubst du? Hat Bernhard etwas gefunden?

MARKETINGSSPEZIALISTIN:
Wir werden es morgen wissen.

JOURNALIST:
Ich trau's ihm zu. Der wühlt irgendwo herum und findet am Ende wirklich etwas.

MARKETINGSSPEZIALISTIN:
Er braucht nichts finden. Du hast es immer noch nicht verstanden. Wir recyceln etwas aus der Vergangenheit und machen etwas Neues daraus. Wie man aus geschredderten Plastikflaschen neue Daunenanoracks macht.

JOURNALIST:
Meinst du wirklich, dass sich irgendjemand auf dieser Welt für einen Architekten interessiert, der vor 500 Jahren gelebt hat?

MARKETINGSSPEZIALISTIN:
In diesem charmanten Städtchen schon. Und von mir aus vor 4500 Jahre. Ist doch pillepalle. Was älter als zwei Wochen ist, sorgt entweder für wohlwollendes Desinteresse oder für ein Knaller. Wir müssen den Knaller zünden.

JOURNALIST:
Thorsten bildet sich ein, dass er ein Knaller ...

MARKETINGSSPEZIALISTIN:
Thorsten bildet sich viel ein, wenn der Tag lang ist. Der glaubt sogar, dass er irgendwann Ministerpräsident wird. Alles nur eine Frage der Fiktion.

JOURNALIST:
Glaube ich dir nicht.

MARKETINGSSPEZIALISTIN:
Wenn ich dir sage.

JOURNALIST:
Dieser Intrigant? Das glaubst du doch selber nicht.

MARKETINGSSPEZIALISTIN:
Hat er mir selber gesagt!

JOURNALIST:
Wann?

MARKETINGSSPEZIALISTIN:
Nunja, vor Kurzem, als ich ihn davon überzeugte.

JOURNALIST:
Wovon?

MARKETINGSSPEZIALISTIN:
Dass er das Zeug zum Ministerpräsidenten hat. Ich hielt dabei seinen kleinen Ministerpräsidenten in der Hand. Und der wurde plötzlich ganz groß. Dem schwoll regelrecht die Brust vor Stolz an, dem kleinen Ministerpräsidenten.

JOURNALIST:
Du warst mit Thorsten im …

MARKETINGSSPEZIALISTIN:
Vorbereitungsgespräche! Erst Bürgermeister, dann Minister-präsident. Ein Stein nach dem anderen. Und für alles wird gezahlt!

JOURNALIST:
Du bist ein … also Susanne, das hätte ich dir wirklich nicht …

MARKETINGSSPEZIALISTIN:
Du weißt so viel von mir nicht, mein kleiner Schmierfink. Aber ich weiß so viel von dir. Zum Beispiel, dass du viel besser und größer werden kannst als Thorsten.

JOURNALIST:
Wir wissen beide, dass er niemals das Zeug...

MARKETINGSSPEZIALISTIN:
Auch nur zum Kulturreferenten hat, klar, ja, das wissen wir beide. Aber er weiß es nicht. Aber er zahlt gut. Und wer zahlt, schafft an!

JOURNALIST:
Das stimmt! Aber du musst wirklich aufpassen. Irgendwann nimmt dir selbst dieser Vollstiefel deine Naivität nicht mehr ab.

MARKETINGSSPEZIALISTIN:
Das tut er, das tut er, keine Sorge.

JOURNALIST
Äh, hast du gerade gesagt, dass ich viel größer werden kann als Thorsten?

MARKETINGSSPEZIALISTIN:
Bist! Viel größer bist! Die ganze Geschichte muss raus. Und dann schlägst du zu, Franz. Wenn einer das Zeug hat, diese ganze Stadt aufzumischen, dann bist es du. Es werden Köpfe rollen.

JOURNALIST:
Du meinst, dass ich das alles gar nicht publizieren soll, was wir uns ... was Thorsten sich ausdenkt?

MARKETINGSSPEZIALISTIN:
Natürlich nicht, du Superschlauer! Irgendwann kommt das alles raus, und dann?

JOURNALIST:
Rollen Köpfe!

MARKETINGSSPEZIALISTIN:
Und nicht nur der von Thorsten.

JOURNALIST:
Sondern auch von dem, der darüber schreibt?

MARKETINGSSPEZIALISTIN:
Was glaubst denn du?

JOURNALIST:
Oh Gott, daran habe ich noch gar nicht gedacht.

MARKETINGSSPEZIALISTIN:
Sag mal, bist du so schwer von Begriff oder tust du nur so?

JOURNALIST:
Ich dachte, dass das meine Story …

MARKETINGSSPEZIALISTIN:
Wird es, wird es. Aber nicht Thorstens großer Coup. Es wird dein großer Coup. Du deckst alles auf.

JOURNALIST:
Und Thorstens Geschichte?

MARKETINGSSPEZIALISTIN:
Darüber schreiben andere, die auf den Zug mit aufspringen wollen.

JOURNALIST:
Wer soll das sein?

MARKETINGSSPEZIALISTIN:
Wo willst du hin?

JOURNALIST:
Wenn es der Chefredakteur fürs Lokale ist, soll es mir recht sein.

MARKETINGSSPEZIALISTIN:
Na, mein kleiner Schmierfink, läuten endlich die Alarmglocken?

JOURNALIST:
Du bist genial, Susi!

MARKETINGSSPEZIALISTIN:
Oft ist nicht die erste Story die beste, sondern erst die zweite! The Story behind the Story! The backgroundstories are always the best!

JOURNALIST:
Müssen wir noch etwas dazu beitragen?

MARKETINGSSPEZIALISTIN:
Das wird alles von allein laufen. Jetzt muss nur Bernhard uns etwas präsentieren, was so irre ist, dass es schon wieder glaubwürdig ist. Und wir unterstützen es mit Leibeskräften.

JOURNALIST:
Wenn das so ist, dann will ich dir jetzt auch etwas präsentieren, was so irre ist, dass du es nicht glauben wirst. Die zweite Story ist immer die beste!

MARKETINGSSPEZIALISTIN:
Na hör mal, wo kommst du denn her, du Wilder?

JOURNALIST:
Aus Lechhausen!

Er drängt über sie. Wilder schwäbischer Sex.

Szene 5: Der Komplott

Wieder der Raum im Rathaus des Jahres 2023 aus Szene 3, das Büro des Kulturreferenten. Der Kulturreferent, die Marketingspezialistin, der Historiker und der Journalist treffen sich erneut.

KULTURREFERENT:

Schön, dass Ihr wieder alle da seid. Bernhard hat mir schon am Telefon ein paar Sachen erzählt, was er vorbereitet hat. Ich kann Euch nur sagen: Wir können dankbar sein, einen so belesenen und profunden Kenner an unserer Seite zu haben. Bernhard, dir gehört nun unsere ganze Aufmerksamkeit. Ich bitte dich. Stell uns deine Ideen vor. Danach diskutieren wir, welche Idee am ehesten zum Ziel führt. Vergesst nicht: Das Ziel lautet: Augsburg in die Welt tragen!

MARKETINGSSPEZIALISTIN:

Und dich auf den Thron dieses charmanten Städtchens.

KULTURREFERENT:

Äh, ja, natürlich, Susi, das als kleines Nebenprodukt! Bitte Bernhard!

HISTORIKER:

Danke, Thorsten. Also, bevor ich Euch meine Ideen vorstelle, möchte ich euch kurz die Situation beziehungsweise den Mann vorstellen, der uns ... dich, Thorsten, in die Weltöffentlichkeit bringen wird. Elias Holl, geboren am 23. Februar 1573 und gestorben am 6. Januar 1646, er wurde also fast 73 Jahre alt. Zweimal verheiratet, mit der ersten Frau acht Kinder, mit der zweiten 13. Wichtigster Architekt Augsburgs in den Jahren 1600-1630, Erbauer des Rathauses und ca. 100 weiterer Gebäude, von denen aber längst nicht alle erhalten sind. Protestant, was wichtig ist, weil er 1631 deswegen seinen Job verloren hat.

MARKETINGSSPEZIALISTIN:

Warum?

HISTORIKER:
Entschuldige, Susanne, aber ich kann dir jetzt die Geschichte des 30-jährigen Krieges nicht im Einzelnen auseinanderklamüsern, das wäre zu viel. Nur so viel: Augsburg wechselte eher unfreiwillig ein paar Mal die Fronten, alles wogte hin und her, sonst hätte der ganze Schlamassel ja nicht 30 Jahre gedauert, es gab das Restitutionsedikt, und als die Katholen wieder die Stadt einnahmen, wollte Holl partout den Glauben nicht wechseln. Also schmissen sie ihn raus und zogen einen Teil seines Vermögens ein.

JOURNALIST:
Schön blöd!

MARKETINGSSPEZIALISTIN:
In der Tat. Ist doch Jacke wie Hose, damals wie heute.

HISTORIKER:
Sag das nicht, Susi. Damals bedeutete das mitunter Leben oder Tod.

MARKETINGSSPEZIALISTIN:
Also doch nicht die hochgelobte Eintracht zwischen den Konfessionen?

HISTORIKER:
Bevor man zu den wirklich wichtigen Punkten kam, musste man sich erst die Schädel einschlagen.

JOURNALIST:
Die wirklich wichtigen Punkte?

HISTORIKER:
Worüber heute noch immer gestritten wird: Rechtfertigungslehre, Marianische Verehrung, Transsubstantiation – all diese wirklich zentralen, ungemein wichtigen Fragen, die ...

KULTURREFERENT:
War er reich?

HISTORIKER:
Er verdiente mehr, als alle anderen städtischen Maurer zusammen. Er war wohlhabender als die meisten Patrizier! Bis zu seiner Entlassung. Also, um zum Schluss zu kommen: 1632 kamen wieder die Schweden …

MARKETINGSSPEZIALISTIN:
Haben die sich verirrt?

HISTORIKER:
… Augsburg wurde wieder protestantisch, Holl wurde wieder eingesetzt, furchtbare Hungersnot wegen der Belagerung durch die Katholen, die kamen dann 1635 wieder …

JOURNALIST:
Jetzt wird's langweilig.

HISTORIKER:
… er wurde wieder entlassen, endgültig und für den Rest seines Lebens, und er baute in seinen letzten 10 Jahren nichts mehr, zumindest nichts, was uns bekannt wäre, er schrieb ein Buch, das aber auch nur unvollständig erhalten ist, und das war's.

JOURNALIST:
Und damit du willst ihn in der Welt bekannt machen, Thorsten?

KULTURREFERENT:
Nicht ihn! Mich! Und das soll Susi vollbringen, nicht ich!

MARKETINGSSPEZIALISTIN:
Da muss uns aber wirklich Großes einfallen. Ich habe schließlich auch einen Namen zu verlieren.
HISTORIKER:
Wirst du nicht! Ich hätte da drei, vier Ideen, die wir diskutieren können.

KULTURREFERENT:
Wir müssen ihn mit etwas in Verbindung bringen, das bereits bekannt ist.
Weltbekannt!

JOURNALIST:
Zum Beispiel?

HISTORIKER:
Leonardo da Vinci!

MARKETINGSSPEZIALISTIN:
Kenne ich. Der ist gut. Obwohl er nicht mehr lebt. Haben sie sich getroffen?

HISTORIKER:
Schön wärs, geht aber leider nicht. Leonardo hat 100 Jahre früher gelebt.

KULTURREFERENT:
Dann bringt es nichts.

HISTORIKER:
Doch! Leonardo war auch Techniker und Statiker und Erfinder. Das war Elias auch alles. Eigentlich viel mehr. Der hat Kräne gebaut, die es vorher nicht gab, neuen Mörtel angerührt, den es vorher nicht gab, Gerüste gebaut, die es vorher nicht gab. Der war ein echtes Genie.

JOURNALIST:
Nur dummerweise hat Leonardo das doch auch alles gemacht und war vor ihm da. Auch ein Genie, aber das erste! Und deshalb zurecht viel berühmter! Das wirkt bei Elias wie aufgewärmte Semmeln. Interessiert niemanden.

MARKETINGSSPEZIALISTIN:
Man könnte ihn zu einem Schüler von Leonardo machen. War er überhaupt mal in Italien?

HISTORIKER:
Ja, das ist gesichert. Er war in Venedig. Hat dort gelernt und einige italienische Architekten getroffen. Er war wohl auch mit einigen enger befreundet. Aber da war Leonardo schon tot.

JOURNALIST:
Das bringt nichts, Bernhard, oder was meinst du, Thorsten?

KULTURREFERENT:
Leonardo da Vinci klingt immer gut, aber ...

HISTORIKER:
Und wenn Elias ein Bild gemalt hat, dass man Leonardo zuschreibt?

MS *(völlig verzückt)*:
Die Mona Lisa!

JOURNALIST:
Ihr seid verrückt!

MARKETINGSSPEZIALISTIN:
Das ist genial!

HISTORIKER:
Nein, nicht die Mona Lisa. An die kommen wir nicht ran. Aber vor kurzem wurde ein Bild sozusagen frei, das man bisher Leonardo zugeschrieben hat, nun wird aber darüber gestritten, von wem es ist: Der Salvator Mundi.
JOURNALIST *(recherchiert im Handy)*:
Das teuerste Gemälde der Welt! Sollte im Louvre in Abu Dhabi ausgestellt werden, liegt nun aber hinter irgendwelchen verschlossenen Türen, vielleicht auf einer Luxusyacht mit saudischer Flagge.

KULTURREFERENT:
Hat Elias gemalt? Wusste ich gar nicht.

MARKETINGSSPEZIALISTIN:
Ist doch völlig unwichtig. Wer Häuser baut, kann auch malen!

HISTORIKER:
Es ist gut möglich, dass zumindest die Deckenmalereien im Rathaus von ihm entworfen wurden. Man könnte behaupten, dass er ein einziges Bild selber gemalt hat. Nachdem er entlassen wurde. Er widmete sich für den Rest des Lebens der Malerei, weil er nicht mehr bauen durfte.

JOURNALIST:
Und das Bild ist ein Selbstbildnis! Er malte sich selbst als Salvator Mundi!

MARKETINGSSPEZIALISTIN:
Was heißt das?

HISTORIKER:
Retter der Welt!

KULTURREFERENT:
Das klingt großartig!

MARKETINGSSPEZIALISTIN:
Aber ist viel zu wenig. Wenn Franz schon mit dem Handy recherchieren muss! Es braucht etwas viel Bekannteres!

HISTORIKER:
Wie? Findet ihr nicht gut?

KULTURREFERENT:
Bernhard, du hast gesagt, du hast mehrere Ideen. Wir brauchen Stoff.

JOURNALIST:
Hast du nicht gesagt, dass er zwanzig Kinder hatte? Wenn wir in die Welt setzen, dass die meisten Augsburger von ihm abstammen?

HISTORIKER:
So etwas ähnliches wollte ich auch vorschlagen!

MARKETINGSSPEZIALISTIN:
Gibt es echte Augsburger?

HISTORIKER:
Jeder gebürtige Augsburger, der das „sch" und „r" richtig schprechen kann!

KULTURREFERENT:
Das sind gar nicht mehr so viele!

JOURNALIST:
Man müsste eine genetische Reihenuntersuchung initiieren und dann käme zufällig raus, dass wir alle Elias Holl sind.

MARKETINGSSPEZIALISTIN:
Aber wen interessiert das außer die Augsburger? Das klingt eher abschreckend!

HISTORIKER:
Und es wird auch von August dem Starken behauptet.

MARKETINGSSPEZIALISTIN:
Ein Gewichtheber?

HISTORIKER:
Ein König von Sachsen. Der angeblich 300 Kinder gezeugt hat. Und alle Sachsen sind mit ihm verwandt. Und untereinander.

MARKETINGSSPEZIALISTIN:
Dann wundert mich überhaupt nichts mehr.

JOURNALIST:
Wir könnten Elias zum Stammvater von Mozart machen. Und von Bertolt Brecht! Die Wurzel des Stammbaums aller berühmter Augsburger.

MS *(völlig verzückt)*:
Und von Roy Black.

JOURNALIST:
Dann ist er eher die Wurzel allen Übels.

KULTURREFERENT:
Dann müssen wir die Idee verwerfen. Unsympathisch.

MARKETINGSSPEZIALISTIN:
Roy Black?

KULTURREFERENT:
Nein, aber Bertolt Brecht. Einer, der sich durch die Betten gevögelt hat, als Vorbild und Urvater aller Augsburger ist nicht förderlich für meine politische Karriere.

MARKETINGSSPEZIALISTIN:
Entschuldige, Thorsten, aber das haben wir in den USA auch hinbekommen.
JOURNALIST:
Aber nicht mit einem Kommunisten!

KULTURREFERENT:
Eben. Das ist etwas völlig anderes. Wollt ihr mich zu einem machen, der eine Zeugungsmaschine gut findet, die einen Kommunisten hervorgebracht hat? Da spielt meine Frau nicht mit. Also: Weitere Ideen?

JOURNALIST:
Du hast etwas gesagt, dass er seinem Glauben treu geblieben ist, Bernhard. Aber zugleich hat er die anderen gelassen. Das kommt doch heutzutage super an. Kann man daraus was machen?

HISTORIKER:
Der Wegbereiter des Augsburger Religionsfriedens! Den er dann tragischerweise leider nicht mehr miterlebt hat.

MARKETINGSSPEZIALISTIN:
Ich finde das Thema Religion nicht so gut.

KULTURREFERENT:
Was bräuchte man dafür?

HISTORIKER:
Eine Schrift, irgendetwas, das er niedergeschrieben hat und wo er für das Ende des 30-jährigen Krieges eintritt.

MARKETINGSSPEZIALISTIN:
Wann war das?

HISTORIKER:
Zwei Jahre nach seinem Tod. Dummerweise.

JOURNALIST:
Nicht dummerweise! Großartig! Wir lassen ihn vom 30-jährigen Krieg schreiben, obwohl er noch nicht wusste, dass der Krieg 30 Jahre dauern wird. Wir machen ihn zu einem Propheten!

KULTURREFERENT:
Was bräuchte man dafür?

HISTORIKER:
Eine geniale Fälschung.

KULTURREFERENT:
Kannst du das, Bernhard?

HISTORIKER:
Ich könnte den Text im Deutsch des 17. Jahrhunderts verfassen. Wäre mal was Neues. Aber schreiben kann ich es nicht. Da bräuchten wir einen professionellen Fälscher.

JOURNALIST:
Der von den Hitlertagebüchern, der ..., wie hieß der? Kabeljau?

HISTORIKER:
Kujau.

JOURNALIST:
Der war genial. Konnte echt schreiben.

MARKETINGSSPEZIALISTIN:
Lebt der noch?

JOURNALIST *(recherchiert am Handy)*:
Nein, vor 24 Jahren gestorben.

MARKETINGSSPEZIALISTIN:
Vergesst es! Vergesst alles! Ich dachte, es geht um die Welt, um Chinesen, Amerikaner, Araber, Inder! Wen interessiert dort irgendein Religionsfrieden?

HISTORIKER:
Zum Thema Inder hätte ich auch noch etwas, aber das wäre schon ziemlich mutig.

MARKETINGSSPEZIALISTIN:
Raus damit. Je größer, desto besser. Bisher sind deine Ideen, Bernhard, entschuldige wenn ich das sage, aber bisher sind sie so brav, so harmlos, so ... langweilig ... wie ein lauwarmer Pups, der nicht einmal stinkt. Verstehst du, was ich meine? Es muss knallen, es muss stinken, es muss uns

umwerfen!

HISTORIKER:
Also gut, zum Thema Indien – naja, also, da gäbe es schon etwas.

KULTURREFERENT:
Und?

HISTORIKER:
Als Elias 1635 endgültig entlassen wurde, wissen wir bis zu seinem Tod eigentlich überhaupt nichts mehr von ihm. Was er gemacht hat, wovon er gelebt hat. Wo er war.

KULTURREFERENT:
Und?

HISTORIKER:
Genau zu dieser Zeit wurde ein berühmtes Gebäude errichtet.

KULTURREFERENT:
Welches?
HISTORIKER:
Ein sehr berühmtes Gebäude.

MARKETINGSSPEZIALISTIN:
Raus mit der Sprache.

JOURNALIST:
Moment, ich recherchiere …

HISTORIKER:
Das berühmteste Gebäude dieser Zeit überhaupt …

MARKETINGSSPEZIALISTIN:
Die Pyramiden?

KULTURREFERENT:
Die Chinesische Mauer?

HISTORIKER:
Alles schon längst errichtet ...

JOURNALIST (*zeigt es auf dem Handy*):
Das Taj Mahal!

PAUSE

Szene 5: Fortsetzung

JOURNALIST *(zeigt es auf dem Handy)*:
Das Taj Mahal!

KULTURREFERENT:
Wie? Das steht doch in Indien!

HISTORIKER:
Exakt.

MARKETINGSPEZIALISTIN *(verzückt)*:
Das Monument der Liebe!

HISTORIKER:
1631 ist die Kaiserin, die Frau vom indischen Kaiser gestorben.

JOURNALIST:
Von Shah Jahan, dem Herrn der Welt!

MARKETINGSSPEZIALISTIN:
Salvator Mundi!

KULTURREFERENT:
Und Elias ist 1635 entlassen worden.

JOURNALIST:
Und man weiß nicht, wo er gewesen ist?

MARKETINGSSPEZIALISTIN:
Die dunklen Jahre!

HISTORIKER:
Er könnte …

MARKETINGSSPEZIALISTIN:
In Indien gewesen sein.

JOURNALIST:
Er hat am Taj Mahal mitgebaut.

HISTORIKER:
Er war der Gerüstbaumeister!

KULTURREFERENT:
Er hat den Mörtel angerührt!

MARKETINGSSPEZIALISTIN:
Falsch!

JOURNALIST:
Was schlägst du vor, Susanne?

MARKETINGSSPEZIALISTIN:
Er hat das Taj Mahal gebaut!

HISTORIKER:
Wie bitte?

JOURNALIST:
Das ist Irrsinn!

KULTURREFERENT:
Das ist genial!

HISTORIKER:
Das ist historisch möglich, aber ...

MARKETINGSSPEZIALISTIN:
Das ist – die Wahrheit!

KULTURREFERENT:
Ein historischer Pups, der bis zum Himmel stinkt, so gut ist das!

MEDIENSPEZIALISTIN (völlig verzückt):
Das ist … recycelte History!

JOURNALIST:
Ich sehe die Überschrift: „Elias Holl – der Architekt der Liebe!"

MARKETINGSSPEZIALISTIN:
„Der wahre Architekt der Liebe!"

JOURNALIST:
„Der erste globale Baumeister!"

MARKETINGSSPEZIALISTIN:
„Der wahre Architekt der wahren Liebe!"

KULTURREFERENT:
Das ist … sagenhaft! Und jetzt mal ehrlich: Das Taj Mahal und das Rathaus, die sehen sich doch irgendwie ähnlich.

JOURNALIST *(recherchiert die ganze Zeit mit dem handy)*:
Sie haben fast identisch die gleichen Maße!

HISTORIKER:
Zentraler Mittelbau flankiert von Türmen. Hier schwäbisch, dort indisch!

MARKETINGSSPEZIALISTIN:
Aber alles von einem entworfen! Oh Elias, ich liebe dich!

KULTURREFERENT:
Das ist … das ist … Bernhard …lass dich umarmen!

JOURNALIST:
Hätte ich dir nicht zugetraut, das muss ich sagen!

HISTORIKER:
Es ist gewagt, aber durchaus eine Überlegung wert.

KULTURREFERENT:
Was brauchen wir?

HISTORIKER:
Eine Fälschung, aber auf Arabisch. Das heißt: Auf persisch, aber arabisch geschrieben. Persisch war die Sprache am Hofe des Moghul-Kaiser. Eine Gehaltsabrechnung.

KULTURREFERENT:
Die im Augsburger Stadtarchiv gefunden wird!

MARKETINGSSPEZIALISTIN:
Zwischen irgendwelchen Briefen an den Bischof!

HISTORIKER:
Wir könnten einen Brief des Bischofs fälschen, in dem er anordnet, dass dies verheimlicht werden muss, weil Elias im Land der Ungläubigen gewesen ist.

MARKETINGSSPEZIALISTIN:
Bei den heiligen Kühen!

JOURNALIST:
Und wie kommt der Brief ins Stadtarchiv?

KULTURREFERENT:
Bekomm ich hin. Vielleicht darf ich bescheiden erwähnen, dass ich der Kulturreferent bin. Noch! Und als solcher habe ich natürlich die Schlüssel zum Stadtarchiv. Den verstecke ich dort.

JOURNALIST:
Und wie entdeckst du es, Thorsten? Schließlich musst du derjenige sein, der die Sensation aufdeckt. Du kannst kein Arabisch oder Persisch.

KULTURREFERENT:
Das lass mal meine Sorge sein. Da fällt mir etwas ein. Wir brauchen nur noch den Brief. Den muss jemand verfassen.

HISTORIKER:
Mit Tinte, die im 17. Jahrhundert verwendet wurde.

JOURNALIST:
Auf Papier, das inzwischen ein bisschen vergilbt ist. Kann ich besorgen, im Verlag.

KULTURREFERENT:
Und den „Autor" finde ich im Flüchtlingsheim. Wird kein Problem sein. Dafür gibt's dann eine unbefristete Aufenthaltsgenehmigung.

MARKETINGSSPEZIALISTIN:
Salvator Mundi, Augsburger Religionsfrieden, Leonardo und Mozart – das war alles nur fad. Aber das Taj Mahal – das ist Welttheater! Elias Holl – der wahre Erbauer des Taj Mahal.

HISTORIKER:
Und das Rathaus als Wegbereiter der Architektur gewordenen Liebe!

JOURNALIST:
Meine Lieben – der Elias wird mir immer sympathischer. Du bist großartig, Bernhard.

HISTORIKER:
Nunja, aber er ist es ja nicht wirklich gewesen.

MARKETINGSSPEZIALISTIN:
Wer sagt das? Natürlich war er es. Das ist beschlossene Sache. Wenn Fakten einmal in der Welt sind, sind es Fakten. Ich werde euch jetzt eine ganz simple Wahrheit ein letztes Mal erklären: Vorauseilendes Bestätigungsdenken lädt Grundkonzepte hinter Falschaussagen mit einem Gefühl der Wahrheit auf!
...
Nicht verstanden? Zum Mitschreiben: The truth is true when told! Und wenn es jemand Seriöses wie Thorsten präsentiert, glaubt es jeder. Da müssen erstmal die anderen kommen und das Gegenteil beweisen!

HISTORIKER:
Vielleicht sind die Inder sogar froh darüber.

JOURNALIST:
Wieso?

HISTORIKER:
Weil bisher ein Mann aus Lahore als Architekt gilt. Und Lahore liegt heute bekanntlich in Pakistan. Das mag man heute nicht mehr so in Indien!

MARKETINGSSPEZIALISTIN:
Ich will zum Taj Mahal, zu Elias' Meisterwerk. Du könntest eine Leserreise organisieren, Thorsten, mit der gesamten Chefredaktion.

JOURNALIST:
Das Rathaus – Vorbote der Liebesarchitektur! Eine super Schlagzeile. Da lassen sich ein Dutzend Storys draus machen.

HISTORIKER:
Irgendwie bekommen wir dann auch noch den Augsburger Religionsfrieden unter! Immerhin hatten sich da auch alle plötzlich lieb.

JOURNALIST:
Nach dreißig Jahren Blutrausch.

HISTORIKER:
Die beiden Türme des Rathauses als Symbole der zwei Pole, die sich in der Mitte vereinen!

MARKETINGSSPEZIALISTIN:
Yin und Yang!

JOURNALIST (schaut auf das Handy und zeigt Bilder):
Und beim Taj Mahal hat Elias vier Türme bauen lassen: Die vier Weltreligionen, die sich in der Mitte zu einer Kuppel vereinen!

KULTURREFERENT:
Meine Lieben! Ich wusste, dass man sich auf Euch verlassen kann. Es ist beschlossene Sache. Jetzt müssen wir nur noch ein Strategiepaper entwerfen, wann wir was veröffentlichen.

JOURNALIST:
Eine Pressekonferenz, die du groß ankündigst, Franz. Da müssen auch CNN, die New York Times, Le Monde und die BBC dabei sein.

HISTORIKER:
Und die Prawda.

MARKETINGSSPEZIALISTIN:
Gibt's die noch?

HISTORIKER:
Natürlich. Und die Chinesen auch.

JOURNALIST:
Renmin Ribao: Größte chinesische Tageszeitung! Habe ich Kontakte. Bekomm ich hin.

HISTORIKER:
Und sämtliche indische Tageszeitungen!

MARKETINGSSPEZIALISTIN:
Seid ihr eigentlich von vorgestern? Wir brauchen Meta, Facebook, tiktok, telegram – irgendetwas, das viral geht! Twitter und instagramm müssen heiß laufen!

JOURNALIST:
Dafür müsste man ein kleines Filmchen produzieren.

KULTURREFERENT:
Kann ich auch erledigen. Ich bin doch telegen, oder?

HISTORIKER:
Wird das nicht vielleicht etwas zu groß?

MARKETINGSSPEZIALISTIN:
Bis zum Himmel und nicht weiter, versteht du, Bernhard? Bis zum Himmel! Selbst der dort oben muss diesen Pups riechen!

KULTURREFERENT:
Denn über den Wolken muss die Freiheit wohl grenzenlos sein ... ich schwebe ... ich schwebe!

JOURNALIST:
Danach kannst du dich für den Posten des UN-Generalsekretärs bewerben, Thorsten!

KULTURREFERENT:
Ich danke Euch, meine lieben Freunde! Ich werde euch das nicht vergessen (*bricht in Freudentränen aus*)

JOURNALIST:
Sag mal, Bernhard, weiß man eigentlich, was der Elias wirklich in seinen dunklen Jahren gemacht hat?

Szene 6: Die Gefahr

Ein dunkler Ort im Dezember 1634. Elias Holl und sein Sohn sitzen beisammen.

SOHN:
Bitte, verlass uns nicht!

ELIAS:
Die Kaiserlichen werden mich ...

SOHN:
Noch halten die Schweden die Stadt.

ELIAS
Aber wie lang noch? Sobald die Katholischen die Stadt eingenommen haben, werden Sie mich wieder verhören. Sie werden mich wieder entlassen. Sie werden mich vielleicht ... du weißt, wozu sie in der Lage sind.

SOHN:
Bitte, Vater, verlass uns nicht. Was soll aus uns dann werden?

ELIAS:
Das Gleiche, was aus euch wird, wenn ich nicht mehr bin!

SOHN
Sie werden dir nichts tun. Vielleicht werden die Schweden die Stadt verteidigen.

ELIAS:
Bis dahin sind alle verhungert.

SOHN:
Sie werden dich wieder absetzen, sie werden dich enteignen, aber sie werden dich nicht ... das können sie nicht. Du allein konntest bauen, was sie

sich wünschten.

ELIAS:
Ich baue nicht mehr katholisch! Sie werden mich nichts mehr bauen lassen.
Nie mehr! Sie werden mich vernichten.

SOHN:
Lehn dich dagegen auf!

ELIAS:
Du weißt genau, wo das endet.

SOHN:
Aber für uns, Vater! Tu es für uns!

ELIAS:
Sie werden meinen Namen endgültig aus dem Gedächtnis der Stadt tilgen.
Wie sie es vor vier Jahren schon versucht haben.

SOHN:
Ich habe Angst, Vater.

ELIAS:
Hattest du damals Angst, als du auf dem goldenen Knopf auf dem
Perlachturm gesessen bist?

SOHN:
Nein, Vater, ich hatte keine Angst. Ich habe gewinkt, ich habe gelacht. Ich
habe Mutter zugewunken. Alles war so klein. Alles war so unwirklich.

ELIAS:
Du warst wirklich dort oben, du bist dort oben geschwebt, den Wolken ganz
nah. Wie ein Engel.

SOHN:
Es ist, als wenn es gestern gewesen wäre. Wie alt war ich?

ELIAS:
Du warst vier.

SOHN:
Ich glaube, das war der schönste Moment in meinem Leben. Ich sah die ganze Welt! Ich sah bis nach Italien!

ELIAS:
Es ist gestern ein italienischer Baumeister gekommen. Aus Verona.
Ich war einst mit ihm in der Lehre, vor über dreißig Jahren. In Venedig. Er war damals auch ein junger Handwerker. Wie ich.

SOHN:
Was wollte er von dir? Warum ist er gekommen?

ELIAS:
Ich könnte mit ihm ziehen. Er ist zwar katholisch, aber das spielt keine Rolle, dort, wo er hingeht. Dort, sagte er, fragt man nicht danach.

SOHN:
Bitte, Vater. Der Hunger wird größer. Wir fressen Ratten und Mäuse. Was sollen wir, ohne dich?

ELIAS:
Du könntest mit mir kommen.

SOHN:
Und Mutter, und die anderen Kinder? Du kannst uns nicht verlassen!

ELIAS:
Der Italiener …

SOHN:
Wo will er hin?

ELIAS:
In den Osten. Sehr weit. Monate wird er unterwegs sein, hat er gesagt, und dass er extra nach Augsburg gekommen ist, um mich zu treffen. Um das Rathaus zu sehen. Man spricht sogar in Italien davon, vom höchsten Haus der Welt. Wusstest du, dass es das höchste Haus der Welt ist?

SOHN:
Nein, Vater.

ELIAS:
Ich auch nicht. Viele Kirchen sind höher. Aber keine hat so viele Etagen. Er hat gesagt, er habe noch nie ein Haus mit so vielen Etagen gesehen. Es reicht bis zu den Wolken.

SOHN:
Du hast es bewiesen, dass es geht.

ELIAS:
Dabei besteht es aus Nichts. Ich habe das Nichts ummauert. Die Leere. Sie ist nun betretbar. Überall kann man stehen und gehen, ohne in das Nichts zu fallen.
Es wirkt, als wolle es sich in die Lüfte heben und schweben.

SOHN:
Deshalb die zwei Türme.

ELIAS:
Du hast es verstanden. Ohne die Türme …

SOHN:
Und ohne den Turm der Peterskirche daneben …

ELIAS:
Richtig, ohne diese Türme wäre das Rathaus ein Klotz, ein fetter Quader, auf den Erdboden geklatscht. Wie ein Batzen Häuserbrei. Mit den Türmen erhebt es sich. Es beginnt zu schweben. Es will in den Himmel steigen. Geronimo hat mich gefragt, wie ich es errechnet habe. Er versteht die Statik nicht. Er möchte es wissen, all die Dinge, die ich entwickelt habe. Die Kräne, den Mörtel, die Technik. Verstehst du? Das ist die wahre Kunst! Nicht, wie etwas aussieht. Sondern wie es gemacht wurde!

SOHN:
Dann schreib es auf! Für uns! Für mich!

ELIAS:
Mein Junge!

SOHN:
Bitte, Vater, lass uns nicht allein! Noch so einen Winter überleben wir nicht.

ELIAS:
Willst du es wirklich lernen?

SOHN:
Es gibt nichts, was ich mir mehr wünsche.

ELIAS:
Aber wofür?

SOHN:
Für die Zukunft!

ELIAS:
Welche Zukunft? Wo ist hier eine Zukunft? Dieser Krieg wird nie zu Ende gehen. Zu lange ist der Krieg.

SOHN:
Er wird zu Ende gehen, Vater. Er muss …

ELIAS:
Nein, er wird nicht zu Ende gehen. Vielleicht, wenn es mich nicht mehr gibt. Ich werde es nicht miterleben.

SOHN:
Bitte, Vater. Geh nicht. Schreib alles auf! Für mich! Für uns! Ich bin die Zukunft!

Sie umarmen sich.

SOHN:
Wohin will der Italiener gehen?

ELIAS:
Er erzählte, dass im Osten eine Kaiserin gestorben ist. In Indien. Der Kaiser baut ein Grabmal, größer als die Pyramiden, schöner als das Paradies. Aber er weiß nicht wie. Der Italiener will dorthin und seinen Dienst anbieten. Ich könnte mit ihm ziehen. Es soll dort unvorstellbare Reichtümer geben. Die Juwelen und Diamanten liegen auf den Straßen! Ich wäre dort in Sicherheit.

SOHN:
Bitte, Vater, für uns! Dein Platz ist hier!

ELIAS (*er schaut ihn lange an.*):
Ich habe Geronimo erklärt, wie man es bauen könnte. Wie man Gerüste baut in schwindliger Höhe. Wie er die Statik berechnen muss, wenn er glaubt, dass alles einstürzt. So schnell stürzt nichts ein. Genauso, wie man nicht so schnell stirbt. Vielleicht nimmt er ein bisschen von mir mit. Dorthin, wohin er nun geht. Nach Indien. Vielleicht nimmt er meine Ideen mit: Die Türme, das Schweben, die Ewigkeit.

SOHN:
Du bleibst?

ELIAS:
Ich bleibe, mein Sohn, ich bleibe. Bei dir! Ich werde schreiben. Für dich!
Denn du bist die Zukunft.

Szene 7: Die Pressekonferenz

KULTURREFERENT (*im Hintergrund steht der Historiker*):
Sehr geehrte Damen und Herren, ehrenwerte Kolleginnen und Kollegen aus dem Stadtrat, liebe Bürgerinnen und Bürger unserer wunderbaren Stadt, liebe Mitbürgerinnen und Mitbürger draußen an den Radios, Fernsehapparaten und Handys, sehr geehrte Vertreterinnen und Vertreter der internationalen Presse.

Es ist mir eine Freude, aber auch eine Ehre, Ihnen heute eine Neuigkeit verkünden zu dürfen, die sich weit über die Grenzen unserer wunderbaren Stadt in Windeseile verbreiten wird. Ich prophezeie, dass nach dieser Pressekonferenz, die ich so kurz wie möglich halten möchte, die Tastaturen auf smartphones, handys, laptops und tablets nicht mehr still stehen werden und in allen Sprachen dieser Welt eine Sensation ihre Reise um die Welt antreten wird, wie wir es vielleicht seit der Öffnung des Grabes von Tut-ench-amun nicht mehr erlebt haben.

Dank meines lieben Freundes und großen Historikers, Professor Doktor Doktor Bernhard Altmann ist es uns gelungen, ein Geheimnis zu lüften, von dessen Existenz die Welt bisher nichts wusste. Doch ich hatte eine Ahnung, ich hatte, das darf ich an dieser Stelle nicht unerwähnt lassen, auch das Glück, einen stillen, bescheidenen Freund zu haben, der hier nicht genannt werden möchte, der aber maßgeblich an der Entdeckung beteiligt ist, ja ich muss sagen: Ohne ihn hätte es diese Entdeckung nicht gegeben. Aber er übt sich in Bescheidenheit, möchte nicht namentlich genannt werden, möchte weiterhin seinen geliebten Beruf als Reiseleiter ohne großes Aufsehen ausüben, und das vor allem und im Besonderen in seinem Lieblingsland Indien. Eben dort stieß dieser Freund auf Handschriften und Briefe, deren Inhalte er mir berichtete. Diese Inhalte sind von so unglaublicher Brisanz, dass ich daraufhin beschlossen habe, unser Stadtarchiv zu durchforsten und Beweise für diese unglaublichen Behauptungen zu finden. Ich bin zwischen unbedeutenden Briefen auf ein Schriftstück gestoßen, das die Behauptungen meines Freundes zweifelsfrei untermauert und beweist. Dank unseres großen Historikers und wahren Freundes unserer wunderbaren Stadt konnte die Echtheit des Schriftstückes, eine

Gehaltsabrechnung auf Persisch, bewiesen werden, und so steht heute fest: Elias Holl ist nicht nur der Erbauer des Rathauses unserer wunderbaren Stadt, der Stadtmetz, des Spitals oder des Roten Tors – alle für sich außergewöhnliche Bauwerke. Aber sie stehen eben nicht ganz auf der Stufe mit ....

Mit ...

Mit der Krone aller Schöpfung. Mit einem Bauwerk, wo die Juwelierarbeit endet und die Architektur beginnt. Ein Bauwerk, das als Träne auf der Wange der Zeit von der Ewigkeit erzählt. Meine lieben Zuhörerinnen und Zuhörer – ich darf Ihnen und der Welt heute verkünden: Elias Holl war und ist der Architekt und Erbauer des Taj Mahal, des schönsten und makellosesten Bauwerks der Welt!

Für alles Weitere steht Ihnen Professor Doktor Doktor Altmann zur Verfügung, der Ihnen die Details erläutern kann, wie glaubwürdig und fundiert diese unglaubliche, aber unbestreitbare Tatsache ist, bei der es sich nicht um eine Theorie handelt, sondern um eine festgemauerte, ja geradezu zementierte Wahrheit, um in der Sprache der Bauherrn zu bleiben.

Ich darf an dieser Stelle in stiller Bescheidenheit hinzufügen, dass es letztlich mir zu verdanken ist, meinem Instinkt, meiner Liebe zu großer Kultur und großer Kunst, meiner Hartnäckigkeit und letztlich, aber nicht zuletzt meiner großen Liebe zu unserer wunderbaren Stadt, dass wir dieses Geheimnis lüften konnten. Dieser Erfolg, der für unsere wunderbare Stadt eine im Moment noch nicht abzuschätzende Wertsteigerung bedeutet, hat mich nun dazu bewogen, dass ich mich noch mehr in den Dienst unserer wunderbaren Stadt stellen möchte. Ich möchte Ihnen und uns allen dienen und mit all meiner Kraft dazu beitragen, dass wir nun nach über 2000 Jahren endlich ein neues Kapitel in der Geschichte unserer Stadt aufschlagen: Ich möchte Augsburg wieder zu alter – und das bedeutet: zu neuer Größe führen. Deshalb habe ich mich entschieden, bei der anstehenden Wahl als unabhängiger Kandidat für das Amt des Bürgermeister zu kandidieren.

Ich bin mir sicher, dass Sie alle und unsere wunderbare Stadt mir Ihre vollste Unterstützung zukommen lassen. Bauen wir uns ein neues Augsburg! Diese Stadt und dieses Land haben es verdient!

Ich danke Ihnen, und nun, bitte: Professor Doktor Doktor Altmann, lieber Bernhard: Dein Podium ...

Szene 8: Ein glückliche Paar

Der Journalist und die Medienspezialistin im Bett

JOURNALIST *(telefoniert)*:
Ja, Thorsten? Ja, hier Franz. Du, ich wollte Dir nur sagen, dass es mir wahnsinnig leid tut. Du hast mich sicher bei deinem großen Auftritt vermisst. Aber ich durfte nicht kommen. Du hast es im Vorfeld zu groß gemacht. Da ist die Chefredaktion natürlich hellhörig geworden. Die haben mich ausgequetscht und gefragt, ob ich irgend etwas wüsste. Weil ich dich ja gut kenne. Aber ich habe natürlich gesagt, nee, ich weiß nichts, aber ich gehe natürlich hin und horche mir an, was du zu sagen hast, und dann haben die gesagt, dass sie selber hingehen und mal schauen, ob an der Sache irgendwas dran ist. Und wenn was dran ist, dann schreiben sie es selbst...
Natürlich habe ich es gesehen. In Arte digital haben sie es online gebracht. Du warst großartig, wirklich. Mein Kompliment!
Was soll ich machen? Gegen die Chefredaktion habe ich keine Chance. Da muss ich auch kuschen...
Du brauchst dir keine Sorgen machen. Die werden morgen einen fetten Artikel bringen. Und nicht nur einen. Das wird auf der Titelseite stehen, das mit dem Taj, dann ausführlich hinten im Feuilleton, und dann natürlich noch im Politikteil deine Kandidatur, und im Regionalteil hinten auf der letzten Seite natürlich auch noch einmal ganz groß und in Farbe. So etwas hat es noch nie gegeben, glaub mir! Etwas Besseres konnte Dir nicht passieren: Die Chefredaktion geschlossen anwesend! Das hatte nicht mal der Papst! Damit hast Du die Wahl schon in der Tasche.
Mach's gut, du MAGA-Man, und vergiss mich nicht.

Legt auf, MS drängt sich an ihn.

Make Augsburg great again! Der wird mich nicht vergessen. Der nicht. Wenn der nächste Artikel erscheint.
Du bist wirklich brillant, Susanne. Wo hast du nur das alles gelernt?

MARKETINGSSPEZIALISTIN:
Wo man so etwas eben lernt: USA, Österreich, Großbritannien – überall, wo man mehr Gewicht auf eine gute Show legt, und nicht auf Politik. Ist doch ohnehin pillepalle, was einer sagt. Die Show muss stimmen. Aber das werden die bei uns hier im Land auch noch lernen.

JOURNALIST:
Wann ist der beste Zeitpunkt?

MARKETINGSSPEZIALISTIN:
Eine Woche ist genau richtig.

JOURNALIST:
Vielleicht doch besser schon in drei Tagen?

MARKETINGSSPEZIALISTIN:
Nicht unmittelbar danach - zu exakte Punktlandung. Aber auch nicht zu lange warten. Sonst hat sich das Interesse verflüchtigt und dem guten Thorsten fällt am Ende noch etwas ein, womit er den Menschen wirklich eine Freude macht. Lass die Bombe in einer Woche platzen, das passt genau.

JOURNALIST:
Und das wird mein Artikel sein. „Sensationelle Enthüllung: Komplott im Kulturreferat!"

MARKETINGSSPEZIALISTIN:
Musst du das der Chefredaktion vorlegen?

JOURNALIST:
Das letzte Wort hat immer noch der Verleger!

MARKETINGSSPEZIALISTIN:
Das war's dann mit dem Feuilleton, der Politik und dem Lokalen. Hoffentlich erholt sich die Zeitung von diesem Skandal.

JOURNALIST:
Drei Chefposten könnten frei werden. Mal schauen, ob die Verlagsleitung bereit sein wird, meinem Vorschlag zu folgen und die drei Ressorts unter einer leitenden Hand zusammen zu fassen. Unter einer Hand, die dem Berufsethos des neutralen, der Wahrheit verpflichteten Journalismus treu bleibt.

MARKETINGSSPEZIALISTIN:
Und danach der Einzug ins Rathaus! Hoppla, du Süßer, da darf deine Hand auch einziehen!

JOURNALIST:
Du kannst Dir schon einmal eine Strategie überlegen, wie wir das hinbekommen. Thorsten ist ja raus aus dem Spiel.

MARKETINGSSPEZIALISTIN:
War von Anfang an klar. Der und Bürgermeister ...

JOURNALIST:
Die Idee mit dem Freund, der in Indien Reiseleiter ist, war nicht schlecht. Von dir?

MARKETINGSSPEZIALISTIN:
Ausnahmsweise nicht. Hat er sich selbst ausgedacht! Muss ich ihm lassen. Genialer Schachzug.

JOURNALIST:
Den gibt es also nicht, den Reiseleiter?

MARKETINGSSPEZIALISTIN:
Nein, natürlich nicht. Sonst könnte man den ja am Ende noch befragen. Reine Fiktion! Thorsten hat schnell gelernt.

JOURNALIST:
Mal ganz ehrlich, Susi, du kennst dich ja aus: Wer bestimmt, wo's lang geht?

Der Bürgermeister oder der, der darüber schreibt? Vor allem, was man schreibt?! Wer sitzt am längeren Hebel?

MARKETINGSSPEZIALISTIN:
Echte Preisfrage. Es ist immer ein Geben und Nehmen.

JOURNALIST:
Wenn beides in einer Hand wäre, erübrigt sich die Frage.

MARKETINGSSPEZIALISTIN:
Du hast auch schnell gelernt, du großer!

JOURNALIST:
Mit einer solchen Lehrerin!

MARKETINGSPEZIALISTIN:
Als zukünftiger Bürgermeister...

JOURNALIST:
Du glaubst wirklich, dass ich ...

MARKETINGSPEZIALISTIN:
... das wir beide ... im Rathaus ... in angemessener Umgebung

JOURNALIST:
Was meinst du mit angemessener Umgebung?

MARKETINGSPEZIALISTIN:
Ich habe da so eine Idee. *Sie flüstert ihm etwas ins Ohr.*

JOURNALIST
Du bist verrückt!

MARKETINGSPEZIALISTIN:
Du brauchst nur ein super Team an deiner Seite!

JOURNALIST:
Thorsten und Bernhard!

MARKETINGSPEZIALISTIN:
Jetzt lassen wir ihnen mal ihren Triumph. Dann kommt der tiefe Fall. Und dann ...

JOURNALIST (*völlig beseelt*):
Alle Luftschlösser dieser Welt haben klein begonnen. Wurden irgendwann groß und stark. Und wurden echte Wahrheiten.

MARKETINGSPEZIALISTIN:
Oh, das fühlt sich aber auch groß und stark an. Wo kommt denn das auf einmal her?

JOURNALIST:
Aus Lechhausen!

Sie wälzen sich über- und ineinander.

Szene 9: Schön ist es auf der Welt zu sein Part 1

Der Kulturreferent und der Historiker feiern gemeinsam im Büro in schwäbisch-ausgelassener Stimmung. Der Kulturreferent zirkelt durch den Raum, während er „Schön ist es auf der Welt zu sein" reichlich euphorisch singt. Zahlreiche Sektflaschen stehen herum.
Sie werfen Zeitungen um sich.

KULTURREFERENT:
(*Gesang*) „Schön ist es auf der Welt zu sein, sagt der Inder zu dem Stachelschwein ... wenn die Sonne scheint für ...

HISTORIKER:
(*Gesang in der Melodie von Schön ist es auf der Welt zu sein")* „ ... dich und mich, aber vergiss bitte meinen Lehrstuhl nich ..."

KULTURREFERENT (*hält eine Zeitung hoch*):
„Sensational discovery in Augsburg, Germany"

HISTORIKER:
Wer ist das?

KULTURREFERENT:
New York Times!

HISTORIKER:
Und hier: „Incredible: A German constructed the symbol of love" – Washington Post!

KULTURREFERENT:
„Ein Augsburger zog in die Welt". Hätten die bei der Bild in Berlin auch nicht gedacht.

HISTORIKER:
„Fantastisk upptäckt i Augsburg!"

KUTURREFERRENT:
Upptäckt? Upptäckt? Was ist upptäckt?

HISTORIKER:
Schwedisch. Entdeckung!

KULTURREFERENT (*hüpft durch den Raum*):
Upptäckt ... upptäckt ... upptäckt!!!

HISTORIKER:
BBC hat auch darüber berichtet.

KULTURREFERENT: (*gibt ihm eine Zeitung*):
Hier, ich kann nicht Französisch, aber du doch sicher, Bernhard, oder?

HISTORIKER (*imitiert französischen Akzent*):
Sensation in Allemagne. Gehaltsabrechnung vom Erbauer des Taj Mahal entdeckt.

KULTURREFERENT:
Und hier, die Italiener ... ich kann kein Italienisch, aber du doch sicher, Bernhard, oder?

HISTORIKER (*imitiert italienischen Akzen*):
La istoria di archittetura muss neu geschrieben werden: Ein Augsburger zog in die Welt.

KULTURREFERENT:
Gottnein, ist das schön. Komm, Bernhard, übersetz, bitte übersetz den ganzen Artikel!

HISTORIKER:
Ach, Thorsten ... nicht noch mal ...

KULTURREFERENT:
Ach doch, Benny, komm, übersetz es mir ...

HISTORIKER:
Also gut. Was niemand für möglich gehalten hätte, stellte sich nun in Augsburg ...

KULTURREFERENT:
Schreiben sie auch von mir?

HISTORIKER:
Natürlich, Thorsten, hier weiter unten, da steht es ...

KULTURREFERENT:
Kannst du auch Chinesisch, Benny? Hier, kam heute mit der Post, direkt aus Peking.

HISTORIKER:
Nein, Chinesisch nicht, aber das hier ist das Beste: The Indian Times – wichtigste englische Zeitung in Indien: In Agra soll ein neuer Tempel errichtet werden. Jetzt rate mal für wen?

KULTURREFERENT:
Was? Das gibt's doch nicht.

HISTORIKER:
Doch! Steht hier. Ein riesiger Tempel in Marmor!

KULTURREFERENT:
Aber das braucht es wirklich nicht. Ich will nur Bürgermeister ...

HISTORIKER:
Nicht für dich! Für Elias Holl!

Sie tänzeln durch den Raum wie Bollywood-Tänzerinnen, imitieren indische Mantras und stimmen einen Triumphgesang auf Elias Holl an.

HISTORIKER:
Kommen Susi und Franz auch noch?

KULTURREFERENT:
Susi vielleicht, Franz wohl nicht. Ist eingeschnappt, weil er den Artikel nicht schreiben durfte. Die Artikel! Ist halt alles doch eine Nummer zu groß für ihn. Da musste die Chefredaktion ran!

Szene 10: Schön ist es auf der Welt zu sein Part 2 (ein paar Tage später)
Journalist und Medienspezialistin tänzeln gemeinsam durch den Raum, werfen mit Zeitungen um sich, einige Sektflaschen stehen herum. Sie singen dabei: „Schön ist es auf der Welt zu sein!"

MEDIENSPEZIALISTIN:
„Das Schönste im Leben ist die Freiheit, und dann singen wir: Hurra!"

JOURNALIST:
„Schön ist es auf der Welt zu sein, sagt der Franzl zu dem Stachelschwein ..." Die gesamte Chefredaktion! Die gesamte! Lokal, Feuilleton und Politik! Verstehst du, Susi! Alle entlassen.

MEDIENSPEZIALISTIN:
Die Ärmsten. Man sollte halt nicht alles für bare Münze nehmen, was auf den Tisch kommt.

JOURNALIST:
Was bist du doch für ein ausgebufftes, kleines ...

MEDIENSPEZIALISTIN:
Ich doch nicht, aber du bist jetzt ...

JOURNALIST:
... Chefredakteur! Die Verlagsleitung hat mir schon gratuliert.

MEDIENSPEZIALISTIN:
Ich habe es dir doch gesagt, dass du zu Höherem geboren bist, du kleiner Lechhauser Schmutzfink du!

JOURNALIST:
Siehst du diesen Aufmacher? „Journalist deckt Komplott auf – Skandal im Kulturreferat!" Das bringt mir mindestens den Pulitzer-Preis! Willst du es noch einmal hören, Susi?

MEDIENSPEZIALISTIN:
Nein, du hast es mir schon viermal vorgelesen!

JOURNALIST:
Aber vielleicht hast du noch nicht alles gehört. Also: „Wie von dem investigativen Journalisten Franz Wonnegut nun enthüllt wurde, hat das Kulturreferat vor einer Woche bewusst Falschinformationen über Elias Holl in die Welt gesetzt und dafür eine Gehaltsabrechnung gefälscht, um die Chancen des Kulturreferenten auf das Amt des Bürgermeisters …"

MEDIENSPEZIALISTIN:
Auf youtube laufen Videos, wie vor der Uni demonstriert wird. Die Studenten wollen, dass Altmann zwangsemeritiert wird. Ein solcher Professor ist für die Uni nicht tragbar, skandieren sie.

JOURNALIST:
Der arme Benny. Das wollte ich doch gar nicht.

MEDIENSPEZIALISTIN:
Wo gehobelt wird, fallen Späne. Kollateralschaden nennt man das.

JOURNALIST:
Hast du die ganzen Schlagzeilen gelesen? Prawda, Renmin Ribao …

MEDIENSPEZIALISTIN:
Kannst du Chinesisch?

JOURNALIST:
Nö, aber es sah schön aus. Ganz dicke fette chinesische Schriftzeichen. Und ein Foto von Thorsten neben Elias Holl.

MEDIENSPEZIALISTIN:
Die Chinesen! Schrecken vor nichts zurück.

JOURNALIST:
Geniale Fotomontage. Ein recyceltes Foto als Collage. Heutzutage funktioniert einfach alles. Fakenews, Fakefotos, Fakes ...

MEDIENSPEZIALISTIN:
Nichts ist gefakt. Just: The truth is true when told!

JOURNALIST:
„Schön ist es auf der Welt zu sein ...“

MEDIENSPEZIALISTIN:
Und als nächstes, mein kleiner Schmutzfink, der Griff nach den Sternen!

JOURNALIST:
Ganz große Pläne!

MEDIENSPEZIALISTIN:
Große Pläne eines großen Mannes!

JOURNALIST:
Und du wirst mir dabei helfen!

MEDIENSPEZIALISTIN:
Als Frau eines Chefredakteurs!

JOURNALIST:
Der zugleich der zukünftige Bürgermeister wird!

MEDIENSPEZIALISTIN:
Du hast verstanden, wie der Hase läuft!

JOURNALIST:
Vor Allem: Wohin der Hase läuft. Chefredakteur und Bürgermeister in Personalunion. Gab es noch nie!

MEDIENSPEZIALISTIN:
Ich wusste, dass du für das ganz Große geboren bist!

JOURNALIST
Damit unsere mainstream-media-Zeitung wirklich mal das berichtet, was Sache ist. Aus erster Hand, direkt aus dem Rathaus! Vom OB höchstpersönlich verfasst.

JOURNALIST
Make Augsburg great again!

SZENE 11: Der Untergang

Der Kulturreferent und der Historiker im Büro in einem wilden Streit. Kulturreferent jagt hinter dem Historiker her.

KULTURREFERENT:
Wessen Idee war das mit dem Taj Mahal? Wessen Idee war das?

HISTORIKER:
Ich sollte nur Vorschläge machen!

KULTURREFERENT:
Wessen Idee war das? Super Idee!

HISTORIKER:
Ich wollte Leonardo da Vinci ...

KULTURREFERENT:
Wessen Idee ist das gewesen?

HISTORIKER:
Oder Bertolt Brecht ...

KULTURREFERENT:
Wer hat von den dunklen Jahren des Elias Holl gesprochen?

HISTORIKER:
Aber Thorsten, ich habe doch nur ... du wolltest doch ...

KULTURREFERENT:
Einen Scheißdreck wollte ich ...

HISTORIKER:
Stimmt!

KULTURREFERENT:
Duuuuu! Mach mich nicht wütend!

HISTORIKER:
Was ist mit meinem Lehrstuhl?

KULTURREFERENT:
Deinen Lehrstuhl kannst du dir ... die demonstrieren seit Tagen vor der Uni und fordern Deinen Rausschmiss.

HISTORIKER:
Aber Thorsten ...

KULTURREFERENT:
Der Rektor der Uni hat mich schon angerufen. Zwangsemeritierung hat er gesagt ...

HISTORIKER:
Aber Thorsten, wir wollten doch ...

KULTURREFERENT:
Und das zurecht. Wer so einen Schwachsinn ...

HISTORIKER:
Aber was wird jetzt aus mir? Soll ich etwa in ein Gymnasium ...

KULTURREFERENT:
Unterscheiden sich kaum von mittelalterlichen Ruinen, die Schulen in dieser Stadt. Da wirst du dich doch wohl fühlen. Und kannst nach antiker Scheiße ...

HISTORIKER:
Aber du wolltest doch ...

KULTURREFERENT:
Augsburg groß machen. Ja, ganz groß. Was hätten wir … aber nein … (hält eine Zeitung hoch, zitiert): Skandal im Kulturreferat. Ich werde … ich werde diese ganze Scheiße … ich werde …

Das Telefon klingelt.

(*brüllt*): Ja, hier Freigeist.
(*duckmäusert*): Ja. Ach, Frau Bürgermeister, ja äh … ja, hähä, natürlich, ja eine ganz blöde Sache…. Nein … also … ich meine … natürlich … ja, das konnte man ja ohnehin nicht so ganz ernst … aber … ich meine …. Immerhin war Augsburg jetzt in der chinesischen …. Was? … Ja, in der indischen Presse auch. Die wollen dort sogar einen Tempel für Elias … Ich soll was? Aber Frau Bürgermeister, Sie glauben doch nicht, dass ich … natürlich, ja ein Komplott. Von diesem Schmierfink aus Lechhausen eingefädelt... Wie bitte? … Man hat die ganze Chefredaktion entlassen? … Und nun ist dieser Schmierfink … Frau Bürgermeister?

Aufgelegt!

HISTORIKER:
Was wollte sie?

KULTURREFERENT (*wie in Trance*):
Franz … ist …

HISTORIKER:
Entlassen?

KULTURREFERENT:
Neuer Chefredakteur …

HISTORIKER:
Und was wollte sie von dir?

KULTURREFERENT:
Was sie wollte? (*er beginnt seinen Schreibtisch zusammenzuräumen oder zusammenzuschlagen*) Sie wollte, dass ich … dass ich … einpacke … Das Gespött der Nation, sagt sie. Die ganze Welt lacht über …

HISTORIKER:
Dich?

KULTURREFERENT (brüllt):
Nein, über Augsburg!

Das Telefon klingelt noch einmal.

KULTURREFERENT:
Frau Bürgermeister, ich wollte nur … Was … Franz … Du? Du wagst es … du bist ein … soll ich dir sagen, was du für mich … was? … Was willst du? Du willst … Bürgermeister? Sag mal, bist du jetzt endgültig … ? Du brauchst … was? Hast du sie noch … ? Ein Wahlprogramm? Ein Team? … Was soll ich? … Baureferent? … Äh … also … Bernhard? Ja, der ist auch da! …

Er legt auf, schaut verdutzt.

HISTORIKER:
Wer war das?

KULTURREFERENT:
Das war Franz. Und er sagt, dass wir beide ja jetzt Zeit haben … Er bräuchte …

Szene 12: Die Prophezeiung

Elias Holl tritt ein letztes Mal auf. Es ist das Jahr 1635. Er wird endgültig von der (katholischen) Stadtverwaltung entlassen.

Ich werde nun ein zweites Mal gehen.

Was Ihnen vor vier Jahren nicht gelungen ist, wird Ihnen auch jetzt nicht gelingen. Glauben Sie nicht, dass ich in Vergessenheit gerate. Alles, was Sie versuchen werden, um die Erinnerung an mich auszulöschen, wird vergebene Liebesmüh sein. Ich werde neue Pläne entwickeln, ich werde alles aufschreiben. Ich werde der Nachwelt mein Wissen mitteilen. Und wer weiß es, aber vielleicht wird dieses Wissen irgendwo und irgendwann angewendet werden.

Ich gebe Ihnen einen Rat: Diese heiligen Räume, die ich vor zwanzig Jahren errichtet habe, sind nur umbaute Leere, nichts weiter. Ein Palast aus Luft. Mit Leben erfüllt wird dieser Palast, werden diese Räume erst durch Menschen. Menschen, die nicht an sich selbst und ihren Erfolg denken, sondern an das Wohl dieser Stadt. Aber ich ahne, dass genau in diesem Moment, wo eine Stadt über sich selbst hinauswachsen und mehr sein will, als sie ist, der Niedergang bevorsteht. Eine Stadt, die so mit ihren Söhnen umgeht, verdient es nicht, geliebt zu werden. Ich prophezeie Ihnen, dass es irgendwann in einer fernen Zukunft heißen wird: Das Beste an diesem Augsburg, das ist die Kutsche nach …

Szene 13: Wahlkampf

Triumphale Musik, im Hintergrund Jubelschreie und Beifall. Der Journalist steht im Rampenlicht mit beschwichtigender Geste.

JOURNALIST:

... München ist out. Berlin ist out. London ist out. Danke, Freunde! Danke! Mit einem Wahlsieg werden wir Augsburg wieder zu dem machen, was es schon immer war und wieder sein wird. Ein Zentrum der Welt. Und dafür werden meine ersten Amtshandlungen sorgen: Wenn wir schon eine Baustelle am Bahnhof haben, dann nutzen wir sie. Wir werden den Bahnhof komplett unter die Erde legen. Wir werden die Stadt vom Dom bis zum Ulrich, von der Wertach bis zum Graben untertunneln!

Beifallsstürme.

Aber das ist noch nicht alles. Eine Weltstadt braucht die Anbindung an die große Welt. An Dubai. An Qatar. An Beijing, Tokio und New York. Schaut auf eine Weltkarte. Was liegt in der Mitte? Was ist das Herz dieses Globus?

Beifallstürme. Man hört, wie „Augsburg, Augsburg, Augsburg!" mit englischem Akzent skandiert wird. Es ist nicht klar, ob es „Augsburg!" oder „Oxfort!" heißt

Wir werden auf dem Lechfeld den AIA bauen. Augsburg International Airport. Istanbul ist mal gewesen. Atlanta Schnee von gestern. Vier Start- und Landebahnen auf dem heiligen Kies des Lechfelds. Wir haben genug Platz.

Beifallsstürme.

Und für all diese zukunftsweisenden Projekte habe ich ein phantastisches Team zusammengestellt. Darf ich Euch vorstellen: Mein zukünftiger Baureferent Thorsten Wonnegut!

Beifallsstürme. Der ehemalige Kulturreferent kommt auf die Bühne.

KULTURREFERENT:
Make Augburg great again! Ich bin dabei! *Flüstert zu Franz:* Du weißt ja: Der Baureferent ist der heimliche OB!

JOURNALIST:
Sie wird es in die Welt tragen. Sie hat unseren Slogan erfunden. Und ganz nebenbei: Sie ist die Mutter unseres zukünftigen kleinen Elias! Susanne van Golem!

Beifallsstürme. Die Medienspezialistin tänzelt schwanger auf die Bühne.

MEDIENSPEZIALISTIN:
Das ist erst der Anfang! Wir haben noch ganz anderes vor!

JOURNALIST:
Und als Leiter der Ausgrabungen auf dem Lechfeld habe ich keinen geringeren gewinnen können als den Fachmann für die Geschichte unserer Stadt: Professor multi honores causa et multi doctores Bernhard Altmann.

Beifallsstürme. Der Historiker kommt auf die Bühne.

HISTORIKER:
Danke! Danke! Ich verspreche Euch: Wir werden den Beweis liefern. Wir haben schon die ersten Münzen gefunden. Der Schatz der Nibelungen liegt nicht im Rhein, sondern ...

MEDIENSPEZIALISTIN
... im Bett der Wertach!

Beifallsstürme.

JOURNALIST
Aber unser größtes Projekt möchte ich Euch zum Abschluss vorstellen.

Wenn wir gewinnen, werden wir es realisieren. Wir werden es anpacken. Wir werden es endlich umsetzen, woran alle Stadtregierungen bisher gescheitert sind: Die längst überfällige Renovierung und Modernisierung des Augsburger Rathauses!

Beifallsstürme. Bombastische Musik. Die vier lassen sich unter tosendem Applaus feiern. Das Bild des Rathauses erscheint auf großer Leinwand und verwandelt sich langsam in das Taj Mahal.

ENDE

Christian Krug

21 Tage

Eine Reise zu 42 Stätten des Welterbes
in Deutschland

21 Tage

Eine Reise zu 42 Stätten des Welterbes in Deutschland

In 21 Tagen besuchte Christian Krug 42 UNESCO-Welterbestätten in Deutschland. Über 5000 Kilometer fuhr er durch ein Land, von dem er schreibt, es nicht sehr gut zu kennen. Er nimmt die Leserinnen und Leser mit auf eine Reise durch Zeit und Raum voller Überraschungen. Die Vielfalt der Welterbestätten in Deutschland ist nahezu beispiellos. Von den Höhlen der Schwäbischen Alp über die Pfahlbauten und römische Denkmäler in Trier reichen sie bis in die jüngste Vergangenheit mit der Völklinger Hütte oder der Bauhaus-Architektur. Mittelalter und Barock sind stark vertreten, aber auch Landschaftsparks und Naturerbestätten wie das Wattenmeer oder die Buchenwälder. Krug spart dabei auch kritische Töne nicht aus. Seine Reisebeschreibung ist fundiert und ernsthaft, voller Leidenschaft und Tiefgang, aber auch leicht und humorvoll. Als studierter Historiker und Reiseleiter gelingt es ihm, einen neuen Zugang zu den vielen faszinierenden Stätten in Deutschland zu ermöglichen. Seine Beschreibungen und Erklärungen sind voller Poesie, ohne fundiertes Wissen zu vernachlässigen.

Verlag: Book on Demand
392 Seiten, über 80 sw-Bilder
Paperback: 13,50 €uro (ISBN: 978-3748109778)
Hardcover: 23,50 €uro (ISBN: 978-3752870190)
e-book: 8,99 €uro (ASIN: B07KRQ646G)